Les journées CALAMITEUSES de Clémence

Éditions Play Bac, 14 bis rue des Minimes, 75003 Paris. www.playbac.fr

SOPHIE HENRIONNET

Les journées CALAMITEUSES de Clémence

Illustrations : Lotty

SKATE
Soda

Prologue

Chaque soir, sans exception, lorsque je me retrouve enfin seule dans ma chambre et que je me glisse sous la couette, j'observe le même rituel. Je saisis le livre du moment et le dépose tout à côté de moi. Mais, avant d'entamer ma lecture, je m'adosse à mes deux gros oreillers et fixe le plafond : je fais le « bilan ».

C'est Maman qui m'en a donné l'habitude.

Le principe est simple, il suffit de repenser à toutes les choses qui sont arrivées dans la journée et de les lister mentalement. Le but de cet exercice est de dédramatiser les tuiles et les pépins, pour, a priori, mettre en valeur tous les petits bonheurs du jour.

Donc, chaque soir, comme je vous le disais, je remplis des lignes dans ma tête, coche des cases, fais des croix, souligne au marqueur imaginaire, pour faire le bilan de la journée. Ensuite, parce que j'aime garder une trace de tout cela, je résume le tout dans des petits carnets.

Si je fais approximativement le total, depuis que je prends la peine de faire le point, je dois avoir un quota de :

○ **10 %** d'excellentes journées ;

○ **20 %** de bonnes ;

○ **20 %** de moyennes ;

○ **50 %** d'exécrables (je les range avec les pourries et les épouvantables).

Vous pensez que je noircis le tableau ? Que statistiquement c'est impossible de cumuler autant de mauvais moments ? Ou encore que j'ai une légère tendance à dramatiser le moindre incident en catastrophe nucléaire ? Désolée de vous dire que vous n'y êtes pas…

La raison de ces scores minables c'est que, tout simplement, depuis que Maman est morte, chacune de mes journées démarre avec un sérieux handicap.

Alors, croyez-moi sur parole : quand un soir je saisis mon livre tout en concluant que la journée a été moyenne, ce n'est déjà pas si mal !

Mardi 23 juin

Punaise, que je suis heureuse que cette année scolaire se termine enfin… J'ai assez vu certaines personnes de ma classe pour au moins trois vies. Les grandes vacances sont plus que bienvenues et me permettront de penser à autre chose qu'à cette peste de Félicie et sa bande de suiveuses écervelées.

Dès que la sonnerie annonçant la fin du dernier cours retentit, je saisis mon sac à dos et détale dans le couloir sans me retourner. Ceux que j'ai envie de saluer ne se comptent que sur les doigts d'une main et ils savent où me trouver, c'est donc sans m'attarder et au pas de course que je passe la grille du collège.

Terminée la cinquième, et sans regret !

Sans rancune ? Pas si sûr… J'en ai vraiment bavé cette année…

– Clémence !

Je reconnais la voix, mais ne me retourne pas. Pour

être honnête, j'accélère même un poil la cadence. J'espère me fondre dans le paysage, mais c'est impossible pour la grande brune aux cheveux longs que je suis.

– Allez ! Reste un peu !

Des bruits de pas se font entendre derrière moi. Max s'est mis à courir et m'a rattrapée en quelques secondes.

Il me touche le bras pour être bien certain que je l'aie entendu. Je le fixe et soupire.

– Clémence !

– Quoi ?

– Je croyais que tu avais des écouteurs ! Pourquoi tu files comme ça ?

– ...

– C'est le dernier jour, je te rappelle ! Certains vont partir tout l'été !

Je lève les yeux au ciel.

Max fait partie de ces doigts de la main dont je vous ai parlé tout à l'heure. Nous sommes dans la même classe depuis le primaire et c'est l'une des personnes les plus adorables que je connaisse. Seulement vous voyez, il est trop adorable par moments. Il appartient à ces gens qui ne voient le mal nulle part, qui n'accordent pas d'importance aux petites vacheries et mesquineries qui font le lot des collégiens. Surtout des collégiennes, on ne va pas se mentir.

C'est bien simple, pour Max tout le monde est intéressant, beau et bienveillant, et nous vivons, bien sûr, entourés de licornes et d'arcs-en-ciel pailletés.

– Passe à la maison quand tu veux. Mais personnellement, je n'ai pas l'intention de traîner une minute de plus au collège, dis-je en soupirant.

– Allez… Clem…

Je soupire une fois encore, il ne va pas lâcher le morceau, parce que, figurez-vous qu'en plus d'être idéaliste, il est obstiné. Un régal.

– Passe chez moi demain, si ça te dit. Mais n'insiste pas, s'il te plaît.

Un rire tonitruant parvient jusqu'à nous et mon sang se glace aussitôt.

– C'est à cause d'*elle* ? tente Max.

– ... entre autres choses, oui.

Elle, c'est Félicie.

Nom de famille *Cettepestede*.

Dire que *CettepestedeFélicie* a longtemps été ma meilleure amie.

Même classe depuis le primaire, tout comme Max. Les inséparables, on nous appelait… Pour un carnaval, nos mères nous avaient d'ailleurs confectionné des déguisements d'oiseaux du même nom…

Je ne saurais pas expliquer ce qui s'est réellement passé, ou plutôt ce qui est passé par la tête de Félicie, parce que vous êtes d'accord, c'est forcément de sa faute.

En résumé, depuis notre entrée au collège, nos liens se sont progressivement distendus, pour se disloquer totalement cette année. Avec les lambeaux de notre amitié, on a bien tenu jusqu'aux vacances de février, puis il y a eu cette histoire avec Grégoire qui n'a rien arrangé.

Grégoire, c'est le garçon pour lequel je craquais, enfin pour lequel je craque toujours, mais merci de le garder pour vous, ce serait sympa.

Je ne sais pas quelle mouche a piqué Félicie, pardon *CettepestedeFélicie*, mais un matin, lorsque je suis entrée dans la salle de cours, il y avait une énorme inscription sur le tableau :

« Grégoire, tu sens bon l'abricot, veux-tu m'épouser ?
Clémence »

Je me souviens qu'à cet instant mes chaussures se sont mises à peser deux tonnes chacune, et aussi que j'ai eu un mal fou à avancer jusqu'à ma place, près de la fenêtre.

J'ai d'ailleurs encore très précisément en tête les ricanements de toute la classe et le souvenir de la douleur qui a saisi mon ventre, ainsi que le haussement de sourcils blasé de Mme Gallandier, la prof de maths, quand elle est entrée à son tour dans la salle de classe.

Mais le pire était à venir, figurez-vous : ce 7 mars, Grégoire est arrivé un tout petit peu en retard et j'ai prié très fort pour que Mme Gallandier efface les grandes lettres blanches avant qu'il ne les voie… Raté. Non seulement il les a clairement fixées en poussant la porte, mais il a même tressailli avant de siffler un très distinct :

– Génial… La honte !

Je croyais avoir touché le fond ce jour-là, mais, en m'envoyant essuyer le tableau, mon adorable prof de maths a fait passer le curseur de ma journée de « calamiteuse » à « pitoyable » en une fraction de seconde.

Si je suis certaine que c'est Félicie, pardon, *CettepestedeFélicie* qui a vendu la mèche ? Non seulement j'ai reconnu son écriture alambiquée mais, pour dissiper les doutes restants, elle seule savait que je trouvais que Grégoire sentait l'abricot.

Je crois que ce soir-là j'ai tellement pleuré et supplié mon père de changer de collège qu'il a failli céder. Même Arthur, mon petit frère, s'est retenu de ne pas en rajouter une couche, ça vous donne une idée du niveau de pitié que je lui ai inspiré.

☆☆☆☆

J'arrive devant chez moi après dix minutes de marche et sors la clé de ma trousse. Le soir, je reste seule environ deux heures avant que Papa n'arrive avec Arthur. Comme je suis quelqu'un de confiance (comprenez une jeune fille ennuyeuse et épouvantablement raisonnable), j'occupe intelligemment mon temps en :

- ○ regardant des imbécillités à la télévision ;
- ○ mangeant des yaourts à la cerise ;
- ○ faisant mes devoirs ;
- ○ parlant à ma mère décédée.

En glissant la clé dans le barillet, quelque chose attire mon regard. Les fleurs. Toutes les fleurs en pot sont fanées. Je tente de ravaler un sanglot qui reste pourtant coincé dans ma poitrine et pousse la porte, submergée de tristesse.

Mon père a laissé les fleurs faner.

Depuis que Maman est morte, il y a trois ans, il a toujours fait de son mieux, et ce, dans tous les domaines.

Arthur et moi nous moquons bien un peu de lui parfois, par exemple, quand nous voyons comment il tente de raccourcir nos jeans avec de l'ourlet adhésif – qui finit invariablement par se coller au fer à repasser – ou bien lorsqu'il essaye de faire celui qui est parfaitement au courant qu'il y a piscine le lendemain, ou gym le surlendemain – alors qu'il n'en avait pas la moindre idée cinq minutes plus tôt.

Je sais qu'il a fait comme il a pu, et que c'est loin d'être facile, qu'en plus de son chagrin et de notre peine, il a fallu gérer tous les à-côtés… Pourtant, à cet instant, je ne sais pas quoi penser car, quoi qu'il arrive, jusque-là il a toujours entretenu les fleurs. J'imagine que l'entrée de Lucile dans sa vie n'est pas étrangère à cette mise à mort programmée, accélérée par le soleil brûlant du mois de juin.

J'allume la télévision et m'affale dans le sofa, un yaourt à la main. Je ne prends pas de cuillère et bois directement au pot. Ça a le don d'exaspérer Papa, alors je le fais uniquement quand il n'est pas là, mon côté raisonnable et obéissant. Toujours.

Je zappe sur un documentaire animalier. Deux rhinocéros se battent, et mon esprit se vide. Dans l'entrée, la poignée s'agite un peu plus tôt que prévu. L'instant d'après, Arthur se jette sur le fauteuil et balance ses chaussures à travers la pièce.

– Arthur ! hurle mon père depuis la porte.

– Je sais… Mes chaussures…

– Si tu le sais, bon sang, alors pourquoi tu… Tiens ! Salut toi !

Chaque soir, mon père semble étonné de me trouver là, sourit puis m'embrasse sur le front avant de m'ébouriffer.

– Arrête, j'ai plus huit ans ! dis-je invariablement en feignant l'indignation.

Il se fige, me regarde avec intensité et se met ensuite comme à son habitude à rire :

– Ah ça ! On ne risque pas de l'oublier !

Ça devrait m'agacer mais, comme j'adore la régularité, ce rituel me va plutôt bien.

Ensuite, généralement, Arthur me cherche pour une raison ou une autre, et la situation dégénère à coups de coussins et de courses-poursuites dans l'escalier.

Je décide de ne pas parler tout de suite à mon père de cette histoire de fleurs sacrifiées sur l'autel du souvenir et focalise mon attention sur l'écran : une antilope vient de se faire cueillir par une lionne en un quart de seconde. J'ai beau être habituée à ce genre de programme, la rapidité de l'action m'a littéralement coupé le souffle.

C'est l'instant que choisit mon père pour s'installer à côté de moi :

– Alors, ça y est ? Au revoir la cinquième ?

Je souris mollement :

– Oh que oui…

Arthur se met alors à sautiller autour de nous en souriant.

Quelque chose cloche…

– Ça ne s'est pas arrangé avec Félicie ? demande mon père.

Je ne raconte pas mes problèmes de collège à mon père dans les moindres détails, je réserve ça à ma mère, qui a le bon goût d'être parfaitement d'accord avec moi en toutes circonstances, mais Papa est néanmoins au courant que je ne suis plus en bons termes avec Félicie. En même temps, nul besoin d'être le fils de Sherlock Holmes ou de l'inspecteur Columbo pour deviner qu'il y a de l'eau dans le gaz entre nous : elle venait dormir chez moi un week-end sur deux jusqu'à ce que nous nous fâchions définitivement.

– Papa, combien de fois il faudra que je te le dise… Ça ne s'arrangera JAMAIS avec Félicie.

– Alors raison de plus, répond-il en observant ses pieds avec attention.

– …

– Ma chérie, j'ai quelque chose à t'annoncer.

– Si ça concerne Félicie, ça ne…

– Ça ne concerne pas Félicie, c'est plus… général. Un changement.

– Général ?

Je commence à comprendre que ce que mon père s'apprête à me dire est d'un autre ordre qu'une décision concernant notre marque de dentifrice.

– Nous allons déménager.

– Tadam ! lance Arthur.

– J'ai attendu que vous ayez terminé l'année scolaire pour vous l'annoncer… Je viens d'accepter un emploi à Bordeaux, un poste en or. J'aurai plus de temps à vous consacrer, un meilleur salaire. J'ai trouvé une maison plus grande, avec un très chouette jardin.

– …

– Et puis, tu m'as demandé tant de fois de changer de collège.

Le traître.

Il va se servir de mes propres revendications pour justifier sa décision.

Une vague de colère monte en moi, n'est-ce donc pas ce que je suis censée ressentir ? C'est vrai quoi : mon père a fait un choix décisif sans me consulter !

Je vais devoir :

- ○ quitter mon collège ~~que je déteste~~ ;
- ○ abandonner ma meilleure amie ~~qui ne me parle plus~~ ;
- ○ et laisser cette maison dans laquelle nous avons tant de souvenirs ~~plutôt atroces, car nous y avons emménagé quand Maman est tombée malade.~~

Arthur continue de sauter partout comme un kangourou qui aurait avalé un yoyo.

– Tu étais au courant, toi ?

Il fait oui de la tête et sourit. Il a l'air vraiment heureux.

Mon père rayonne. Cela fait des lustres, et même plus que cela, que je ne l'ai vu aussi souriant.

Alors, et même si je ne suis pas dans mon lit, que je ne suis pas seule et que ce n'est pas normalement le moment, je fais le bilan.

Roulement de tambour…

Positif.

– Bonne idée, dis-je dans un murmure.

C'est vrai finalement, rien ne nous retient ici. Je décide instantanément que je serai toujours une meilleure Clémence quelque part que cette Clémence ici.

Je me mets à sourire à mon tour.

C'est peut-être ce qu'il me fallait ? Qu'il nous fallait, à tous les trois ?

Une ombre vient planer sur le tableau idyllique et s'insinue jusqu'à mon esprit.

– Mais, Papa... dis-je timidement.

– Oui, ma chérie ?

– Et Lucile ?

Un silence habillé de gros sabots s'invite dans le salon.

Papa n'en finit plus de se racler la gorge et desserre un peu le col de sa chemise.

– Lucile ? répète mon père.

– Oui, Lucile.

– Lucile…

– *Lucile*, celle que tu nous as présentée il y a six mois. Celle avec qui tu es parti en week-end quand nous sommes allés chez Mamina. Celle que tu emmènes au restaurant. *Lucile*, quoi.

– Cette *Lucile*-là… s'étonne mon père.

– Papa ?

– Eh bien, figure-toi qu'elle a aussi trouvé un travail à Bordeaux.

– Papa !

Arthur se rapproche de nous et plante ses yeux dans ceux de mon père.

À cet instant, je ressens pour lui une bouffée d'amour fraternel suffisamment inhabituelle pour être mentionnée.

– Et on peut savoir où elle va habiter, *Lucile* ? tonne Arthur.

– Hum... Dans la même maison, avoue Papa.

Bilan : négatif.

Tous les avantages sont d'un coup annihilés par un seul et même facteur : blond, un mètre soixante et une voix vraiment bien trop aiguë pour être honnête.

– Allons ma bichette… Je suis certain que tout va bien se passer.

J'ai mal au cœur.

La sensation que l'on éprouve lorsque, sur les montagnes russes, on descend trop vite après avoir atteint des sommets vertigineux.

– Je suis même sûr que vous finirez par bien vous entendre avec Antonin.

Arthur et moi échangeons un regard horrifié avant de disparaître du salon en courant.

Déménager ? Pourquoi pas.

Cohabiter avec *Lucile* ? À étudier.

Vivre sous le même toit que son dégénéré de fils de treize ans, qui possède trois serpents, les blattes qui vont avec, et ne jure que par la pêche ? JAMAIS !!!

Bilan du mardi 23 juin :

✓ CAUCHEMARDESQUE

SKATE
Soda

Samedi 27 juin

J'ai réfléchi un petit moment avant de choisir quelle tactique adopter.

Au départ, je souhaitais quelque chose de percutant, un truc qui marque vraiment les esprits, pour montrer à quel point j'étais mécontente, et surtout prouver mon désaccord concernant ce projet débile : ça ne fait que quelques mois que Lucile et Papa se voient régulièrement !

Qu'est-ce qu'un an à l'échelle de l'univers, hein ?

Bon, à l'échelle d'une vie de papillon, c'est beaucoup. Je vous l'accorde…

J'ai d'abord pensé me jeter de la fenêtre de la cuisine. Du rez-de-chaussée, je ne pouvais pas me faire grand mal et je trouvais ça pas mal, vraiment théâtral… Et puis j'ai réalisé que les voisins risquaient de me voir et qu'ils resteraient à tout jamais sur cette image de moi : Clémence, la folle hystérique… J'ai donc refermé la fenêtre et fait une croix sur cette option.

Ensuite, j'ai eu l'idée de faire ma valise et de partir pour l'archipel des Vanuatu. J'ai entendu parler de cet endroit il y a peu de temps, dans un documentaire incroyable. Apparemment c'est une sorte de paradis sur terre. Seulement qui dit chaleur et humidité, dit insectes géants et bêtes d'un genre un peu plus douteux que ceux qui peuplent les jardins de France métropolitaine… J'ai finalement jeté cette idée bancale aux oubliettes : j'ai vraiment un problème avec tout ce qui a trop de pattes… De toute façon, cette hypothèse-là était un poil trop tirée par les cheveux : je n'avais pas du tout le budget et, quand bien même, personne n'aurait vendu de billets d'avion à une fille de treize ans.

Et puis, au bout d'un moment, j'ai eu LA bonne idée. Celle qui ferait enrager mon père et qui, à défaut de le faire revenir sur sa décision, le mettrait hors de lui. J'allais opter pour le MDI : Mutisme à Durée Indéterminée. Donc, depuis que j'ai appris la nouvelle, à la maison, je ne parle qu'à Arthur et encore, si et seulement si Papa n'est pas dans les parages. Le reste du temps, pas le moindre mot, pas une minuscule syllabe : rien.

À part ça, j'ai quasiment fini de trier mes affaires. Parce que, au cas où vous vous poseriez la question, je ne suis pas totalement idiote et je sais parfaitement que, même si je m'applique à faire la tête jusqu'à mes dix-huit ans, nous déménagerons quand même. Je n'ai pas posé de questions, mais j'ai vu des papiers sur la table du salon : Papa doit se présenter à son nouveau poste le 15 juillet.

Pour ce qui est du tri, il y a le tas qui va prendre le chemin de la déchetterie. Celui des jouets que je vais donner à Linda, la petite voisine, et puis il y a tout ce que j'emporte.

J'en ai aussi profité pour mettre de côté les vêtements trop petits et, comme d'habitude, j'ai aidé Arthur à faire de même. Les enfants de notre âge ne s'occupent généralement pas de ces choses-là, mais depuis que Maman est morte, tous les six mois, je range les pantalons trop courts et les tee-shirts qui découvrent le nombril, et Papa va ensuite les porter à une association.

On peut dire que pour une fille en pleine révolte, je suis plutôt souple et conciliante, vous ne trouvez pas ? Il me semble qu'on a connu des rebelles plus virulentes, enfin je pense…

Cela dit, je suis quand même contente de moi et de la tactique choisie : je sens que Papa commence à perdre patience. Bon, ça m'embête de lui faire de la peine, mais j'ai vraiment envie qu'il comprenne que je n'ai pas du tout :

○ envie qu'il remplace Maman ;

○ reste définitivement avec Lucile (car je suis certaine qu'il y a des tonnes de femmes beaucoup plus adaptées à son cas, même si je sais que mon père n'est pas toujours un cadeau) ;

○ qu'Antonin devienne quelque chose qui s'approche de près ou de loin à un demi-frère.

Question : est-ce que, dans cette dernière éventualité, ses serpents seraient eux aussi à considérer comme de notre famille ?

Bilan du samedi 27 juin :

✓ **DÉPLORABLE**

Mardi 30 juin

Je sais qu'il vaut mieux dire la vérité. Tout le monde sait ça, c'est tellement évident, seulement, vous serez forcément d'accord avec moi, parfois ce n'est pas si facile.

Je vais prendre un ou deux exemples au hasard. Voyons voir… La coupe de cheveux de Lucile, tiens. Il y a un mois, elle est passée à la maison juste avant que Papa et elle n'aillent au restaurant. J'ai tout de suite remarqué qu'il y avait un truc qui clochait. Arthur s'est alors tourné vers moi et, avec la discrétion d'un mammouth qui improvise un solo de claquettes, il s'est mis tout à coup à pointer du doigt la tignasse de Lucile et m'a regardée avec l'air de celui qui vient d'apprendre que des singes mutants s'apprêtent à diriger le monde…

Évidemment je suis restée stoïque, j'ai tenu bon, et j'ai surtout fait semblant de me passionner pour un clip de rappeur débile à la télé. Mais, en aucun cas, je n'ai dit à

Lucile que le jaune citron n'était pas une couleur pour des cheveux, même si le résultat de son essai capillaire était si atroce que j'ai cru que mes yeux allaient se mettre à saigner ! Cela dit, la semaine suivante, Lucile est revenue avec des cheveux normaux, preuve qu'on ne devait pas être les seuls à trouver ça immonde. Enfin, pour en revenir à mes histoires de vérité, dites-moi un peu ce que j'aurais gagné à lui demander si son coiffeur était aveugle, ou bien si elle était tombée dans un pot de peinture ? Rien ! Elle aurait été triste, voilà ce qui se serait passé. Papa aurait été très gêné, et je serais une fois de plus passée pour la fille perturbée de service. Non, je vous assure, quelquefois *il ne faut pas* dire la vérité.

Eh bien, j'ai raisonné de la même façon en ce qui concerne mon ami Max : je sais que ça va vous paraître étrange, mais, depuis la fin des cours, je n'ai pas trouvé le temps de lui dire que j'allais déménager très bientôt alors qu'il est venu presque tous les jours à la maison. Pour qu'il ne se doute de rien, à mesure que ma chambre se vidait, je l'incitais à rester dans le jardin pour discuter. Je peux vous dire que tout a parfaitement fonctionné, il n'y a vu que du feu. Enfin, jusqu'à aujourd'hui... Car, aujourd'hui, Max est passé plus tôt que prévu.

Il devait passer pour le goûter, mais il a finalement

débarqué à quatorze heures parce qu'il devait ensuite accompagner sa mère pour choisir un nouveau canapé ou quelque chose dans ce goût-là. Bref, quand il sonne à la porte, je suis dans ma chambre en train de finir de trier mes cahiers de maternelle, et c'est Arthur qui lui ouvre.

Je suis plongée dans mes pensées et ne l'entends pas arriver. Pour tout vous dire, j'examine avec un peu d'émotion mes carnets de maternelle, vous savez ceux où il n'y a que des dessins et des tentatives assez ratées de prénoms, vraiment très drôles à regarder d'ailleurs. Bref, je suis en train de caresser la signature de Maman en bas d'une page quand je perçois la voix de Papa.

Mon sang ne fait qu'un tour. Je pose immédiatement le cahier, sentant que la situation risque fortement de mal tourner. Mais c'est quand j'entends Max demander à Papa ce que font tous les cartons dans notre entrée que je saisis que je cours à la catastrophe.

Je me lève d'un bond et ouvre si précipitamment ma porte qu'elle s'en va claquer contre le mur. Je dévale ensuite les escaliers le plus vite possible, sûrement plus vite encore que la fois où on a reçu le trampoline. Je veux arriver avant que Papa ne réponde quoi que ce soit, avant que la situation ne soit irrécupérable et que je perde mon seul véritable ami.

Sauf qu'il n'y a que dans les films qu'on peut empêcher les catastrophes de se produire. Il n'y a que dans les romans que le héros évite le pire, on le sait tous.

Le temps d'arriver en bas, sur les fesses s'il vous plaît, parce que bien entendu je suis en chaussettes et pas en chaussons (ce n'est pas faute de me le répéter à longueur de temps), et de me cogner la tête sur l'angle d'un carton, j'entends mon père répondre en riant :

– Sacré Max ! Tu sais, c'est bien plus pratique de ranger dans des cartons pour déménager !

Comme c'était à prévoir, Max ne répond rien et ils pivotent tous deux vers moi, gisant élégamment en bas des marches, comme un flan qui se serait échappé d'un plat.

Papa se précipite vers moi pour s'assurer que je n'ai rien de cassé, ce qui, manque de chance, n'est évidemment pas le cas. Je dis « manque de chance », parce que si j'avais eu une fracture ouverte de la jambe, personne ne m'aurait accablée avec cette histoire de déménagement et de vérité dissimulée…

Comme je n'ai pas la moindre égratignure, mais simplement l'air totalement débile, empêtrée dans les cartons, Max insiste.

– C'est bien vrai, Clémence ?

Papa se tourne vers lui, le fixe quelques secondes sans

d'abord saisir ce qui se passe, puis il me regarde à nouveau.

– Oh... Je vois... murmure mon père.

Oui, il voit.

En un quart de seconde, il comprend que je n'ai rien dit de notre départ à Max et que je suis dans un sacré pétrin. Durant ce même quart de seconde, je prends conscience d'avoir agi d'une façon aussi idiote qu'égoïste. Malheureusement, il est trop tard pour avoir des regrets.

– Clémence... Mais... balbutie Max.

– ...

– Vous déménagez vraiment ? reprend mon ami.

– ...

– Quand ? enfonce-t-il.

Je me suis rarement sentie aussi mal à l'aise qu'à cet instant. Encore plus mal à l'aise que la fois où Félicie, pardon, *CettepestedeFélicie* avait noté le truc sur Grégoire au tableau. Sûrement parce que, cette fois, ce que va ressentir Max m'importe VRAIMENT, qu'il est mon ami et que je veux tout sauf lui faire de la peine.

Tout un tas de trucs me passe alors par la tête.

Je me sens coupable, pour commencer, et puis, tout aussitôt, je tente de me persuader que je n'ai pas pu faire autrement, et que Max va forcément comprendre. Pourquoi ? Parce que Max est une bonne pâte, et il sait que je ne fonctionne pas comme tout le monde. Forcément, je m'inquiète pour rien : la situation n'est pas aussi grave qu'elle en a l'air, on va aller se gaver de gâteaux, faire un peu de skate et ce sera reparti pour un tour !

Mais quand j'ose plonger mes yeux dans ceux de mon ami, j'ai l'impression de me cogner à deux billes de métal. Il ne me regarde pas avec sa légendaire gentillesse, non, il me foudroie du regard. D'ailleurs, quand je baisse la tête, je constate qu'il serre si fort ses poings contre son corps que les jointures de ses doigts sont toutes blanches.

Papa se tient toujours à côté de moi, et je sens bien qu'il préférerait encore se trouver dans la salle d'attente du Dr Delporte, notre dentiste, plutôt que dans cette pièce. Il se met à hausser ses sourcils non-stop, comme il le fait quand il est stressé. Il me tend une main pour m'aider à me relever et j'essaye de le remercier avec les yeux, de lui dire que je suis contente qu'il soit là, mais toujours sans prononcer le moindre mot, à cause de ma résolution de mutisme à durée indéterminée, vous savez bien.

Je respire un grand coup, bien décidée à calmer Max et à lui prouver que cet oubli n'a pas réellement d'importance, mais il ne m'en laisse pas le temps.

– Quand ? Réponds ! lance mon ami.

– …

– Alors ! insiste-t-il.

Cette fois-ci, il crie presque, et Papa et moi sursautons.

Arthur, intrigué par ces éclats de voix, passe la tête par la porte de la cuisine.

Je tente de répondre, vraiment, je vous assure, mais les mots restent bloqués quelque part dans ma gorge. Aucun son ne parvient à sortir de ma bouche.

– Dans cinq jours, Max, répond doucement Papa.

– Cinq jours !

Je ne parviens pas à m'exprimer, totalement glacée.

– Cinq jours !!! Mais dis quelque chose ! hurle Max.

– …

– Et tout ce qu'on avait prévu de faire durant le mois de juillet, alors ?

– …

– Tu avais promis que tu m'aiderais pour cette figure de skate !

Qu'est-ce que je peux répondre à ça ? Sérieusement, quelqu'un parmi vous à une idée ? Techniquement, je n'ai pas réellement menti à Max depuis le dernier jour de cours, j'ai simplement évité de lui dire la vérité…

Je ne voulais pas le peiner, mais surtout je n'ai pas su comment aborder le sujet. J'ai repoussé la corvée chaque jour et, sans le vouloir vraiment, je n'ai finalement rien dit du tout.

C'est alors que Max fait ce truc super bizarre.

Lui qui ne s'énerve jamais donne un énorme coup de poing dans la porte d'entrée. Fort, très fort. La vitre tremble tant que je crains qu'elle se fissure.

Alors que Max est le genre de personne qui passe son temps à s'excuser quand il se fait bousculer, cette fois, il ne dit rien du tout. Il ne me laisse pas une chance supplémentaire de m'expliquer : il tourne soudain les talons et part en courant.

Je sens quelque chose de très désagréable au creux de mon ventre, de très douloureux, sûrement une grosse boule de tristesse ou de culpabilité, ou encore un mélange des deux. Quoi que ce soit, ça me scie les jambes et je mets un moment avant de réagir car, pour être honnête, je ne sais pas trop quoi faire.

– Fonce !

Je tourne la tête vers Papa. Il a les yeux un peu voilés et pose une main sur mon épaule.

– Qu'est-ce que tu attends ? Vas-y !

Je l'écoute et démarre en trombe, saute les marches du perron, prends le virage du portillon et détale plus vite qu'un lièvre dans la rue. J'accélère encore en prenant le passage près du pont. Je suis presque certaine de tomber sur Max à cet endroit, on aime tellement balancer des branches dans l'eau en discutant, c'est certain, il doit m'y attendre… Seulement, il ne s'y trouve pas. Un peu étourdie, je continue jusque chez lui en regardant alentour. Il n'est nulle part : il a dû courir sans s'arrêter.

Lorsque je sonne chez lui sa mère m'ouvre la porte en souriant, preuve qu'elle n'a pas encore croisé son fils… Je bredouille deux ou trois phrases incompréhensibles quand elle me confirme qu'il n'est pas rentré et je me poste au coin de sa rue : Max finira par rentrer tôt ou tard. De gré ou de force, je vais le coincer et lui faire entendre ma version des choses. Qu'il le veuille ou non, on va se réconcilier !

Mais deux bonnes heures plus tard, toujours pas de Max dans les parages.

Quand la pluie se met à tomber, je décide de rentrer à la maison.

Je suis trempée comme une soupe quand je m'engage dans notre allée, et voir Papa me fait vraiment chaud au cœur. Il est tout mouillé lui aussi. Assis sur la plus haute marche du perron, il m'attend.

Il doit être à moitié endormi, il ne bouge pas plus qu'une statue et, quand il me voit arriver, il s'étire. D'un mouvement du menton, il semble me demander comment je vais, ou si j'ai trouvé Max, ce qui revient un peu au même.

Quand je fais non de la tête, il a cette petite moue triste de la bouche, et m'ouvre grand les bras.

Je m'y blottis sans demander mon reste et me mets à pleurer.

Comme j'ai déjà le visage humide, je ne sens même pas les larmes couler sur mes joues.

– Ça va aller, murmure mon père.

Je suis contente qu'il l'affirme et non que ce soit une question, parce que je ne saurais pas quoi lui dire.

J'hésite à répondre, rapport à ma décision de ne plus jamais lui adresser la parole, et puis je choisis de lui faire confiance.

– Je n'en sais rien, Papa...

Il pose un baiser sur mon front et nous restons un long moment ainsi, à accueillir la pluie d'été. Une minute, un quart d'heure, une heure, je ne sais pas. Arthur vient nous rejoindre et s'installe à côté de moi silencieusement.

C'est finalement quand mon frère propose de commander des pizzas que nous nous décidons à rentrer tous les trois.

Bilan du mardi 30 juin :

☑ **CATASTROPHIQUE**

Jeudi 2 juillet

Je reparle à mon père, vous l'aviez sans doute compris… On a repris le dialogue comme si de rien n'était depuis l'autre soir, je lui devais bien ça. J'ai été vraiment chamboulée par la réaction de Max.

Depuis que c'est arrivé, j'essaie de le rappeler et de passer le voir, mais il n'y a rien à faire : Max ne veut plus me parler.

Hier, sa mère a eu l'air terriblement gênée lorsque je suis passée chez eux. J'ai bien compris qu'il devait se trouver tout près, mais qu'elle avait pour consigne de ne rien dire.

Ça me rend tellement triste. Je sais pertinemment que tout est de ma faute et que moi seule suis responsable de ce gâchis. Le comble, c'est que Max aurait parfaitement compris la situation si j'avais pris la peine de la lui expliquer. Je ne suis pas étonnée qu'il se sente trahi de ne pas avoir été mis dans la confidence, j'aurais réagi de la même manière. Au minimum.

Nous recevons la visite du nouveau propriétaire. Il doit avoir à peu près l'âge de mon père. Il vient prendre quelques photos et des mesures pour leurs meubles. Il est accompagné d'une fille de seize ans environ qui s'applique à prendre l'air de ceux qui passent leur temps à s'ennuyer. En traînant les pieds, elle monte à l'étage, mais uniquement parce que son père insiste lourdement. Elle va occuper ma chambre et rien que de l'y imaginer, assise sur son lit, ça me fait bizarre.

Elle observe la pièce en fronçant les narines. J'ai envie de lui hurler qu'elle s'apprête à récupérer la meilleure chambre de la maison. Au lieu de ça, je fais comme si elle était transparente et ne lui montre pas la dalle qui se soulève devant la cheminée et qui me sert de cachette… C'est mesquin, mais ça me soulage.

Après leur départ, Papa vient me trouver. Il est excité et gêné à la fois, curieux mélange qui n'est pas beau à voir.

– J'ai quelque chose de formidable à t'annoncer !

J'entraperçois Arthur qui ricane dans un coin de la pièce et je comprends tout de suite que ça n'augure rien de bon. J'imagine :

○ qu'il a choisi la décoration de ma nouvelle chambre sur le thème des licornes ;

○ qu'il a invité Félicie à venir passer une soirée d'adieu à la maison ;
○ qu'il va m'annoncer qu'il se lance finalement dans l'élevage d'araignées.

– Tu vas aller faire une virée shopping avec Lucile pour faire plus amplement sa connaissance !

Dans son dos, Arthur rit tellement qu'il tombe de l'accoudoir du fauteuil.

Comment expliquer à mon père, sans le vexer ni risquer l'internat, que je préférais en cet instant qu'il ait :

○ choisi la décoration de ma chambre sur le thème des problèmes dermatologiques ;
○ invité Félicie à vivre avec nous pour le restant de ses jours ;
○ décidé de nous faire manger une salade d'araignées…

Comme je suis une jeune fille épouvantablement raisonnable, et comme je sens que mon équilibre personnel, tout comme celui de ma famille, est particulièrement instable ces derniers temps, je réponds simplement un très classique :

– Ah…

Papa a l'air vraiment déçu de ma réaction et je prends conscience qu'il s'attendait sincèrement à ce que je saute au plafond.

– Lucile s'en fait une joie, tu sais… Elle a vraiment envie que nous nous entendions tous bien, que nous formions une vraie famille.

Ces derniers mots me tordent l'estomac, mais je ne laisse rien paraître.

– OK.

– Pendant ce temps, je terminerai de réparer la porte du garage et Arthur tiendra compagnie à Antonin.

Seule chose positive, cette annonce a le mérite de calmer mon frère instantanément.

☆☆☆☆

Trois heures plus tard, je suis de retour à la maison en compagnie de Lucile et de ma mauvaise humeur.

Nous n'avons au final rien acheté et avons arpenté les allées de la galerie commerciale sans échanger autre chose que des banalités affligeantes.

J'ai découvert aujourd'hui que nos goûts en matière de vêtements sont aussi opposés que le Nord peut l'être du Sud, et que Lucile, n'ayant pas de fille, ambitionnait de m'habiller à la manière de celles qui peuplent les romans de la comtesse de Ségur.

Bon, OK, j'exagère un peu, mais pour moi, qui ai pris l'habitude de choisir mes vêtements seule depuis la mort de Maman, me voir proposer une robe à frous-frous ou à fleurs s'apparente à la même chose.

En arrivant dans l'entrée, je perçois tout de suite qu'il se passe quelque chose d'inhabituel. Enfin disons, d'encore plus inhabituel qu'à la normale dans cette famille. Papa traverse la cuisine en courant, un saladier à la main. Au loin des cris retentissent, mêlés à des pleurs, et entrecoupés de rires nerveux.

Nous échangeons un regard avec Lucile, seul moment de complicité de la journée, soit dit en passant, et nous nous précipitons dans le jardin.

Antonin est à quatre pattes dans l'herbe. Il est écarlate et hoquette comme un bébé.

Arthur se retient de rire, sans toutefois y parvenir tout à fait.

Papa, lui, saute d'un endroit à un autre en criant :

– Là ! Là ! Non, là !

Lucile se poste à côté d'Antonin.

– Que s'est-il passé ?

Antonin ressemble plus à un cochon asthmatique qu'à autre chose à ce moment précis. Il ne réussit pas à aligner deux mots avant plusieurs minutes.

Lucile fusille alors mon père du regard. Il rougit lui aussi de plus en plus à mesure que le temps passe.

– Son serpent…

Je remonte instinctivement sur les marches.

– Son serpent ? reprend Lucile.

– Pourquoi est-ce qu'il l'a emmené aussi ? s'emporte soudain Papa.

Lucile fronce les sourcils et blanchit légèrement, histoire, j'imagine, de ne pas faire comme tout le monde.

– Ça bouge par là, annonce alors Arthur en désignant un coin de la pelouse.

Tous se précipitent pour scruter le carré d'herbe désigné durant quelques secondes, mais sans succès. Lucile se plante devant Papa, les mains calées sur les hanches, attendant visiblement une explication qui tienne la route.

– On ne le retrouvera plus cette fois, c'est sûr ! beugle Antonin avant de se remettre à pleurer.

Silence de l'assemblée.

– On ne le retrouvera plus, et vous aurez sa mort sur la conscience !

On cherche Franck-Elvis – drôle de nom pour un serpent – jusqu'à la tombée de la nuit. Enfin moi, je me contente de les soutenir moralement, car je ne réussis pas à marcher dans l'herbe. Ça m'est juste impossible, j'ai mes limites… J'ai à peu près accepté l'idée de vivre sous le même toit qu'une poignée de serpents, mais seulement dans la mesure où ils vivent dans une boîte en verre.

Je prépare des pâtes à la carbonara pour tout le monde, et sers mes « colocataires » lorsqu'ils abandonnent définitivement les recherches. Antonin est totalement effondré, il fait peine à voir.

– Je ne comprends pas comment ça a pu arriver, répète Lucile extrêmement contrariée.

– Mais je ne savais pas qu'il l'avait apporté ! souffle mon père.

– Je voulais simplement vous le présenter, murmure Antonin, en s'essuyant le nez sur la manche de son tee-shirt.

Papa a l'air sacrément embarrassé.

– C'est un accident ! Je traversais le jardin avec la brouette. Comment j'aurais pu savoir que cette boîte contenait une bestiole !

– Franck-Elvis n'est pas une bestiole ! proteste Antonin.

– … que cette boîte contenait… Franck-Elvis… et qu'en plus elle allait s'ouvrir !

On ne parle pas de la virée shopping.

Ni du temps qu'il va faire.

Ni du déménagement.

En fait, personne ne parle, du tout, durant tout le repas.

À la fin du dîner, il reste des tonnes de pâtes à la carbonara. Lorsque je prends l'initiative de mettre en route la télévision pour meubler le silence gênant de cette soirée « cohésion familiale » ratée, celle-ci s'allume sur un documentaire sur les pythons royaux.

Quand ça ne veut pas, ça ne veut pas…

Bilan du jeudi 2 juillet :

NULLISSIME

Samedi 4 juillet

Je ne vous raconte pas l'ambiance depuis la disparition de Franck-Elvis.

Lucile est passée quelquefois à la maison pour des questions techniques concernant la future maison, mais je sens bien que la situation est plus que tendue entre elle et Papa.

J'imagine qu'elle lui en veut et comme il ne peut rien faire pour arranger les choses… Figurez-vous qu'on ne remplace pas un animal domestique aussi facilement qu'on remplacerait un miroir ou un vase.

Je les entends se disputer alors que la porte de la cuisine est fermée. Même Arthur, qui plane la plupart du temps, a saisi qu'il y avait un souci.

– Il n'y aurait pas anguille sous roche ? demande mon frère.

Je lui réponds qu'en riant l'autre soir comme un bossu alors que tout le monde cherchait ce maudit serpent, il n'avait rien arrangé. Il ferme son clapet et se replonge dans sa bande dessinée.

Antonin me fait vraiment de la peine. Jusque-là, j'avais du mal à me dire qu'on pouvait s'attacher à des serpents, des grenouilles ou des… je ne sais pas, moi… fennecs par exemple. Mais après tout, pourquoi pas ? Pourquoi les chiens, les chats et les cochons d'Inde auraient le monopole de l'affection et des caresses, quand on y réfléchit deux secondes ?

Antonin a deux autres serpents : Jo-Will et Aktarus, mais d'après ce que j'ai compris, il entretenait des liens très forts avec Franck-Elvis car il le possédait depuis six ans.

Depuis deux jours, il accompagne sa mère, mais ne nous adresse pas la parole. Bon, avant il ne parlait déjà pas, mais là, comment dire, même ses silences sont au volume minimum. Ambiance, ambiance, comme je le disais…

Il faut dire qu'il est déjà du genre particulier en temps normal. Tout à l'heure, je l'ai observé dans le jardin, après avoir cherché un moment une trace de son serpent, il s'est mis à faire une sorte de danse. Il était au beau milieu d'une série de mouvements quand le voisin s'est mis à tondre sa pelouse. Antonin a alors changé de couleur. J'imagine qu'il a songé à Franck-Elvis qui pouvait encore être dans les parages.

Papa se force à sourire à chaque fois qu'il nous croise. Je pense que Lucile n'est plus du tout sûre que vivre tous ensemble soit une bonne idée (c'est qu'elle va finir par me plaire !) et mon père s'obstine à vouloir la persuader du contraire.

Comme il faut bien que quelqu'un se montre positif, question de survie, je décide de m'y coller. Je sors d'un carton encore accessible de la vaisselle jetable et une grande nappe, j'installe le tout sur l'herbe et prépare un taboulé ainsi qu'une salade de fruits. Je cuisine pas mal depuis que Maman est décédée. Quand arrive l'heure du repas, je me poste dans le jardin et souffle dans la trompe que grand-père a rapportée d'Afrique et que je soupçonne Papa de vouloir oublier.

C'est une réussite : tout le monde sort de son trou.

Quatre paires d'yeux convergent vers moi et je perçois des sourires se dessiner : mission presque accomplie. Pour une fille en pleine rébellion, je suis franchement cool, en fait. Pour tout vous dire, je me voyais presque écrire sur mon journal « Bilan : pas si mal » quand c'est arrivé.

Il y avait un carton ouvert à côté de la porte-fenêtre. Ce matin, Papa nous avait conseillé d'y entreposer ce qui était trop fragile et qu'on voulait garder avec nous.

Je me soucie assez peu des objets. Seulement, perdre

un de ses parents d'une longue maladie laisse des traces, et certains objets deviennent alors plus précieux que d'autres, car chargés en souvenirs. Comme le départ était prévu pour le lendemain matin, je m'étais résolue à descendre mes trésors et à les placer dans ce carton. Papa sait à quel point je suis attachée à ces objets. Même Arthur, qui passe son temps à chercher à m'énerver, ne s'aviserait pas à toucher à trois choses :

- au doudou qui appartenait à Maman (un ours qui est devenu tout dur et qui ferait peur à n'importe quel enfant de moins de six ans) ;
- une broche en forme de rose dont la couleur a passé depuis longtemps et qui me vient de ma tante ;
- une petite boîte à dents de lait que Maman m'a offerte.

Vous voyez où je veux en venir ?

Quand je me projette un peu, je me dis qu'un jour ma fille se servira de cette petite boîte à son tour, ce qui est débile, parce que, dans l'absolu, une boîte à dents de lait, ce n'est pas le truc le plus cool qui existe, et qu'en plus je ne suis pas sûre de vouloir des enfants quand je vois comme Arthur et moi on est pénibles. Mais quand même… Tout ça, c'est aussi une question de principe.

Bref, ils sont tous les quatre sur la terrasse, tout sourire. Papa lève le pouce en l'air en voyant le pique-nique. Je suis ravie, et il n'y a pas que le soleil qui me réchauffe… Et puis, pour une raison que j'ignore, Antonin se tourne vers le carton posé sur la table à côté de la porte-fenêtre et plonge sa main à l'intérieur. D'après ce qu'il a expliqué par la suite, il a simplement voulu attraper un manga qu'Arthur avait glissé là, et le ruban de l'étui de la boîte à dents s'est pris dans le livre…

Quoi qu'il en soit, je vois ma précieuse boîte s'envoler, et pousse un cri. Mon père se retourne en m'entendant, Lucile essaye de tendre la main, mais elle est trop éloignée. Quelques secondes plus tard, après un vol plané au ralenti digne d'un film, et dans un craquement sinistre, la porcelaine se pulvérise sur le bois de la terrasse.

Antonin comprend qu'il vient de commettre une bourde monumentale, car il vire aussitôt au cramoisi et fonce se réfugier dans la maison, de peur que je le ratatine, j'imagine. Je veux courir pour constater les dégâts en priant pour qu'un miracle ait inversé la résistance du bois et de la porcelaine, mais Papa, plus rapide, a déjà ramassé le cadavre de la boîte et secoue tristement la tête.

C'est à ce moment-là que j'explose.

Je donne un coup de pied dans la salade de fruits

et observe les grains de raisin s'éparpiller sur la nappe. Et puis, je les regarde les uns après les autres : Papa est totalement désappointé, Lucile effarée, Arthur horrifié et Antonin, tétanisé, me guette du pas de la porte.

Je les détaille un moment en cherchant quelque chose de percutant à dire. Un truc qui ferait mal à tout le monde et qui leur donnerait la mesure de la vague de chagrin qui vient de submerger mon monde.

– Je… je vous déteste…

Personne ne réagit. Rien.

Pas le moindre mot, pas un seul mouvement.

Alors j'essaye un peu plus fort. Sûrement que je n'y ai pas mis assez de conviction !

– Vous avez entendu ? Il n'y en a pas un pour rattraper les autres : je vous déteste !!!

Papa lève tristement une main dans ma direction.

– JE VOUS DÉTESTE !!!

Et puis, comme je ne sais pas trop comment conclure, je me dirige vers la maison. Enfin, je fais deux pas et puis je me dis que je n'en ai pas fini. Alors je reviens au point de départ et lance un autre grand coup de pied, dans le taboulé cette fois-ci. Personne ne mérite de manger ce que j'ai préparé.

Lucile ouvre et ferme la bouche plusieurs fois d'affilée, mais a finalement la bonne idée de ne rien dire.

Je reprends la direction de la maison avec l'idée de m'enfermer dans ma chambre totalement vide jusqu'à ce qu'on me force à quitter les lieux, et, alors que je monte la première marche de l'escalier qui mène à la terrasse, je le vois. Planqué sous une latte de bois.

Je pousse un hurlement et fais un tel bond que j'en perds l'équilibre.

Antonin comprend tout de suite et se retrouve à mes côtés en moins de deux secondes.

– Franck-Elvis !!!

La suite, je vous la donne en mille…

Plus personne ne se soucie de mes états d'âme, de ma boîte à dents et de mon chagrin… Cette satanée bestiole a déjà accaparé l'attention de tous les humains ici présents.

Force est de constater que je compte moins qu'un animal à sang froid. Formidable. Je trouve la situation totalement injuste et, soudain, Maman me manque encore plus que d'habitude.

Bilan du samedi 4 juillet :

☑ **APOCALYPTIQUE**

SKATE
Soda

Dimanche 5 juillet

« Je vous déteste ! »

Sans rire.

Quelle originalité…

Pitoyable la fille.

J'aurais pu me montrer un poil plus inventive ou menaçante. Ils ne méritent pas mieux.

Il a fallu se lever très tôt. La maison était cette fois tout à fait vide, et nous n'avons d'ailleurs pas petit-déjeuné. Papa a annoncé en montant dans la voiture qu'on trouverait une boulangerie sur la route.

Ça fait plus d'une heure que nous sommes partis, et comme je me suis « autopunie » hier soir en ne mangeant rien, je meurs littéralement de faim. Et, bien évidemment, personne ne parle du moindre arrêt…

Antonin est tout content. Il revit depuis que Franck-Elvis est réapparu dans le jardin. Arthur a l'air heureux aussi, je ne sais pas ce qui cloche chez lui et me demande une fois de plus si on a une once de patrimoine génétique en commun.

Lucile et Papa échangent des sourires toutes les cinq minutes. J'imagine qu'ils se disent des trucs niais du genre : « Nous allons enfin écrire la page de notre histoire sur le grand livre de la vie, bla-bla-bla… ». Atroce.

Une chose en amenant une autre, je décide de reprendre mon mutisme là où je l'avais laissé quelques jours plus tôt. Une vague de tristesse s'abat sur moi, notre ancienne vie est bel et bien derrière nous. Mon cœur se serre encore un peu plus quand je repense à Max qui aura ignoré mes tentatives de pacification jusqu'au dernier moment.

Papa jette des regards dans le rétroviseur pour tenter de capter mon attention, j'ai compris son petit manège et l'évite avec application. Autant hier je me sentais prête à faire des efforts, autant aujourd'hui je suis fermement décidée à dynamiter toute trace de bonne humeur qui aurait la mauvaise idée de passer dans les parages. Quel manque de chance que je ne sois pas malade en voiture. Ça aurait été tellement marrant…

☆☆☆☆

Trois heures plus tard, nous entrons dans cette ville qu'il va falloir s'approprier.

○ Il fait ~~beau~~ trop chaud.

○ Les monuments sont ~~magnifiques~~ d'un commun à pleurer.

○ OK, c'est vrai : il y a beaucoup d'espaces verts.

Quand Papa se gare devant la nouvelle maison, j'avoue, je cherche une dizaine de secondes ce que je pourrais bien trouver de négatif, mais je n'y parviens pas aussi vite que je l'aurais souhaité.

Cette maison a l'air très cool. Elle est élancée, pour une maison ça paraît bizarre à dire, mais c'est comme ça. Composée de trois niveaux, elle est entourée de part et d'autre par un jardin. La façade côté rue est en meulière et celle côté jardin recouverte de plantes grimpantes et fleuries. À vue de nez, elle doit être un peu plus grande que l'ancienne, et le jardin est bien ensoleillé.

Je m'applique à ne pas regarder Papa, car il sait… Oui, il sait que je vais aimer cette maison, mais je n'ai pas envie de lui faciliter la tâche pour le moment. Alors je fronce les sourcils et je survole d'un air distrait les pièces à mesure que nous visitons.

Soudain, je repense à l'adolescente qui visitait notre maison et il me semble que je la comprends un peu. Arthur pousse des cris de joie en découvrant sa chambre. C'est la plus petite, mais elle est très lumineuse et regorge d'étagères. Antonin est déjà parti dans la sienne pour trouver l'endroit idéal pour son vivarium.

Du coin de l'œil, j'observe Lucile et Papa. Ils se tiennent la main. Écœurant.

– La tienne est au deuxième, lance Papa.

Je ne réponds rien et monte les escaliers. La pièce est grande et mansardée, il y a de nombreux recoins pour installer de la déco. Une banquette confortable s'étend sous l'une des fenêtres : l'endroit idéal pour bouquiner. Le coup de foudre : j'aimais mon ancienne chambre, mais j'adore instantanément celle-ci, tout en éprouvant malgré tout une pointe de culpabilité.

Je me poste à la fenêtre et observe le jardin déjà envahi par les garçons. Il y a un portique, une cabane de jardin et de gros massifs de roses et d'hortensias. Maman aurait adoré, mais je n'ose pas penser à elle pour le moment.

Un énorme éclair vient zébrer le ciel, tout aussitôt suivi par un violent coup de tonnerre. En quelques secondes, des nuages obscurcissent le bleu azur du ciel et de grosses gouttes se mettent à tomber.

Antonin et Arthur se mettent à danser sous la pluie, et, du haut de mon perchoir, je me surprends à sourire. Je distingue Papa sur la terrasse, qui leur demande de se mettre à l'abri sans grande conviction. Il finit par se joindre à eux en riant et je ressens un peu de jalousie. Je suis tentée d'aller les retrouver, mais je campe sur ma mauvaise humeur. Qu'il est bon de sentir les grosses gouttes me frapper le visage alors qu'il fait si chaud dehors.

PLIC. PLOC.

L'espace de quelques secondes, je continue de sourire, sans trouver anormal de sentir des gouttes sur ma tête.

PLIC. PLOC. PLIC…

Je passe ma main dans mes cheveux sans trop comprendre… Ils sont mouillés.

Je lève la tête.

CRAC…

Cette fissure au plafond est censée être décorative ?

Je suis la fine ligne des yeux : elle s'allonge lentement, puis s'élargit.

BAM !!!!

Je ne sais pas si c'est le tonnerre ou l'effondrement du plafond qui a causé tout ce bruit, en tout cas, je n'y vois plus rien. Il y a de la poussière partout, du plâtre, de la laine de verre et, surtout, il pleut autant dans ma chambre qu'à l'extérieur.

Les chutes du Niagara à domicile. Ambiance fin du monde.

J'entends des bruits de pas dans l'escalier, et me redresse

en regardant l'ampleur des dégâts. Je me demande comment il est possible qu'une pièce vide soit tant en désordre, un peu comme si quelqu'un y avait jeté un bâton de dynamite.

– Clémence ! crie Lucile.

– Tu vas bien ? Réponds-moi ! panique mon père.

Lucile et Papa sont sur le pas de la porte. J'ai envie de rire en découvrant leurs visages décomposés.

– Bon sang… Mais… reprend mon père incrédule.

– Oh mon Dieu !!! ajoute Lucile.

Oui, c'est vrai, le spectacle est hallucinant.

Un nouveau coup de tonnerre nous fait tous sursauter et nous pouvons admirer un éclair par le trou qui perce la toiture… Splendide. Je les rejoins au moment où la pluie se transforme en grêle.

– Tu t'étais renseigné sur l'état du toit ? demande Lucile d'une voix blanche.

– Je ne crois pas, répond Papa sur le même ton. Heureusement, tu n'as rien, ma puce.

Papa me serre contre lui, et passe une main dans mes cheveux blancs de poussière.

– Je crois qu'il va falloir appeler un couvreur…

– …

– … et te trouver une autre chambre.

Sérieusement je me demande ce que j'ai bien pu faire pour avoir une telle poisse. Quelqu'un doit s'entraîner au vaudou sur une poupée qui me ressemble, je ne vois que ça.

Bilan du dimanche 5 juillet :

DÉSASTREUX

SKATE
Soda

Lundi 20 juillet

Les ouvriers ont annoncé à Papa que les travaux allaient durer un bon moment.

Ce qui signifie en langage normal :

- ○ que je vais dormir encore plusieurs semaines dans le cagibi ;
- ○ que je ne peux pas déballer mes affaires alors que les garçons sont déjà installés ;
- ○ que je suis toujours et en permanence de très très mauvaise humeur. Normal, non ?

Deux semaines que nous avons déménagé et je tourne en rond. J'ai même envie que l'été se termine, et que la rentrée arrive pour me faire de nouveaux ennemis, c'est dire… J'ai du mal à faire le point, j'ai d'ailleurs évité de le faire ces derniers jours, je sais que Maman voudrait que je fasse preuve d'un peu plus de bonne volonté.

Arthur, lui, semble s'éclater. Il s'entend bien avec

Antonin, a rencontré des voisins de son âge qui viennent jouer régulièrement. En gros, il a repris ses jeux d'avant comme si de rien n'était.

Tout semble tellement facile pour lui. Si je suis jalouse ? Bien sûr que non, j'ai simplement envie de l'étrangler.

☆☆☆☆

Lucile passe ses journées à me proposer des activités ou des balades, et je refuse tout en bloc même quand les propositions sont tentantes. Question de principe, toujours. Je suis fidèle à mes convictions, et n'ai pas envie d'accepter la main qu'elle me tend.

Je me suis remise à parler, uniquement le strict minimum. Papa dit que je dois être un être hybride, une sorte de croisement entre le Schtroumpf grognon et le Grincheux de Blanche-Neige. Il a dû faire humour en deuxième langue, tout en étant dernier de la classe, au temps jadis du Moyen Âge.

J'ai accepté d'aller faire quelques courses à la supérette qui se trouve au bout de la rue. Je n'ai pas le choix : il n'y a plus un seul yaourt à la cerise. Je soupçonne Lucile de ne pas en avoir acheté volontairement pour me forcer à sortir de la maison.

Je remonte la rue, le sac plein à ras bord de yaourts, de

gruyère râpé et de crème fraîche, quand je manque de me faire renverser par une voiture qui arrive beaucoup trop vite alors que je m'apprête à traverser sur le passage clouté.

Mon casque audio vissé sur la tête, je ne l'ai pas du tout entendue arriver. Je n'ai même pas eu le temps de paniquer. À vrai dire, je ne me suis rendu compte de rien, et c'est simplement quand j'ai senti une main se poser sur mon épaule et me tirer violemment en arrière que je relève la tête et vois passer la voiture.

Je me retourne, pétrifiée, retire illico presto mes écouteurs et me retrouve nez à nez avec une grand-mère aux cheveux presque bleus.

Elle n'est pas beaucoup plus grande que moi et semble toute maigrichonne. Je me fais la réflexion qu'elle a une sacrée poigne pour son âge lorsque je masse mon épaule endolorie. Je m'attends à ce qu'elle me fasse la morale, consciente qu'il est dangereux de marcher en écoutant de la musique pour la bonne raison que les bruits de circulation sont couverts, mais curieusement elle ne dit rien. Elle pose sur moi deux petits yeux pétillants et pleins de malice et se met à rire doucement.

Je murmure un « merci » gêné, consciente que sans elle je serais aussi plate que la photocopie d'une crêpe.

– Pas de quoi, répond-elle, en sortant un maxi casque

audio de son sac à main et en le passant autour de son cou.

– …

– Tu dois être la jeune fille du 49 ?

– …

Elle tend vers moi une main fine et plissée.

– Moi, c'est Violette, j'habite au 72.

À ces mots, elle désigne d'un signe de tête la maison située juste derrière la nôtre.

– Je crois malheureusement que tu vas devoir retourner à la supérette.

C'est seulement à ce moment que je réalise que, si la voiture ne m'a pas écrasée, il n'en est pas de même pour l'ensemble de mes courses.

Violette fait quelques pas sur le trottoir, se penche sur les cadavres des yaourts, puis pivote vers moi très vivement.

– Parfum cerise ? Mes préférés !

Je crois que c'est à compter de ce moment-là que j'ai su que Violette allait devenir mon amie.

Bilan du lundi 20 juillet :

☑ ON A CONNU PIRE

Mercredi 29 juillet

Papa trouve anormal que je me sois liée d'amitié avec une personne âgée. C'est un des trucs les plus débiles que j'ai jamais entendu. Violette a beau avoir 84 ans, elle est beaucoup plus fun que lui. Si ça n'est pas une preuve que l'âge ne veut rien dire.

Je m'emporte quand il refuse que j'aille boire le thé chez elle, alors je lui demande s'il préfère :

- ○ que je me fasse tatouer une licorne sur le front ;
- ○ que je me mette à fréquenter les types qui traînent à côté des conteneurs à ordures, ou encore ceux qui jonglent avec des couteaux non loin de la gare ;
- ○ ou bien que je redevienne silencieuse pendant un an.

Il soupire, puis me propose d'apporter des tomates cerises à Violette. Il y en a tellement dans le potager que nous ne savons plus quoi en faire.

Violette est très cool. En réalité, c'est même la personne la plus cool de mon entourage. Elle a eu une vie incroyable même si elle prétend le contraire. Sa maison ressemble à un musée excentrique tenu par des êtres qui n'auraient aucune logique et des goûts assez particuliers. Elle vit seule et n'a jamais eu d'enfant.

On trouve de tout chez Violette : une collection de coquillages, des poupées figées dans des boîtes, un puzzle représentant un coucher de soleil encadré, en passant par un disque d'or. C'est que Violette a été chanteuse il y a longtemps, mais une seule de ses chansons a connu le succès. Elle dit qu'on la passe encore dans les thés dansants. Le titre, c'est quelque chose comme *Le Muguet de l'été* ou *Une tulipe en hiver*, je ne sais plus.

Le gros avantage avec Violette, c'est qu'elle ne pose pas trop de questions. Quand elle m'a demandé ce que faisaient mes parents et que je lui ai expliqué que Lucile n'était pas ma mère mais la copine de Papa, et que Maman était morte trois ans plus tôt, elle a simplement hoché la tête et reproposé du thé.

Elle ne s'est pas mise à renifler, n'a pas penché la tête sur le côté comme un chiot qu'on vient de gronder, ni demandé de détails, non. Elle a saisi la théière, a rempli ma tasse et la sienne, et s'est goinfrée de scones. Ensuite, elle m'a tendu un deuxième yaourt à la cerise. Cool.

Quand je rentre à la maison après mes visites chez Violette, Arthur dit que je sens la vieillerie. Violette met des pots-pourris dans toutes les pièces et fait brûler sans cesse de l'encens. Elle dit que les petites fumées qui se dégagent des bâtonnets la font se sentir moins seule.

Je crois qu'elle est encore plus heureuse que moi de notre rencontre. Finalement, cette histoire de chauffard et d'écouteurs a eu du bon. Et d'ailleurs, je fais bien plus attention désormais quand je circule dans la rue.

☆☆☆☆

Je commence à m'habituer à mon cagibi.

Papa dit que je pourrai réintégrer ma chambre pour la rentrée. L'avantage de ce dégât des eaux, comme les artisans l'appellent, c'est que la peinture aussi va être refaite : en gros, je vais récupérer une chambre intégralement neuve.

Ce que j'appelle le cagibi, c'est la pièce minuscule qui va servir de buanderie une fois que j'aurais débarrassé le plancher. Il n'y a pas de fenêtre et les murs sont bruts. En attendant, Papa y a entreposé un matelas et une table de chevet. Moi, j'ai sorti quelques livres et le strict nécessaire question vêtements. Je m'estime chanceuse, les cartons contenant mes affaires n'avaient pas encore été montés dans ma chambre le soir de l'orage et ça a évité que tout soit bon à mettre à la poubelle…

Lorsque je me couche, je me dis que, finalement, je commence à me faire à cette maison et à positiver un peu. J'éteins la lumière en pensant à Max. Je me demande ce qu'il fait, et comment se passent ses vacances. Je comprends que c'est définitivement fichu et qu'il ne se manifestera plus maintenant. Ça me fend le cœur, alors j'espère juste que tout va pour le mieux pour lui et sa famille.

Je pense à Maman, lui liste les éléments clés de la journée, et j'en suis à un bilan « correct » quand mon front se met à me gratter.

Je somnole déjà quand le menton me démange, et dans un demi-sommeil, je me demande si je ne fais pas une allergie à retardement aux lasagnes au goût étrange que Lucile a servies au dîner.

C'est quand je me rends compte que mon haut de pyjama se soulève près de mon cou que je me réveille tout à fait : un truc cloche SÉRIEUSEMENT.

Je cherche à tâtons l'interrupteur de ma lampe et, quand la lumière inonde la pièce, je regrette mon geste…

Une blatte. Un cafard. Sur mon lit.

Non, en réalité, deux ou trois, non… des milliards !!!

En un quart de seconde, je suis dans le couloir.

Je hurle en me réfugiant dans la salle de bains, mais même là je ne peux m'empêcher de sautiller en agitant les bras. Pour achever de me dégoûter, un spécimen rebelle tombe de mes cheveux sur le carrelage. La bête gît sur le dos, en remuant désespérément les pattes.

Lucile et Papa délaissent leur lit et montent en quatrième vitesse. Arthur et Antonin sortent également de leur chambre.

– Qu'est-ce qui te prend ? lance Papa d'un air sévère.

En guise de réponse, je pointe le sol, la fuyarde rampe jusqu'à une plinthe.

– Je vois, murmure Lucile en découvrant la blatte.

Je me tourne vers Antonin qui lève les paumes de main en l'air en signe de défense.

– Quoi ?

– Quoi ! Mais enfin, ça vient de chez toi ! Ça me paraît évident ! dis-je d'une voix suraiguë.

Il secoue la tête catégoriquement.

– Non, mes blattes sont dans un bocal fermé hermétiquement en attendant de servir de déjeuner à Franck-Elvis, Jo-Will et Aktarus !

– Tu es bien certain de l'avoir refermée ? lui demande sa mère.

Mon père profite de cet interlude pour inspecter

le cagibi. Il en ressort dégoûté, mais essaie tant bien que mal de n'en rien laisser paraître.

– On va régler ça vite fait, Clémence : je gère la situation.

Une blatte court sur sa manche, il retient un spasme et la fait voler d'une pichenette.

– Trois fois rien, ne t'inquiète pas.

Antonin disparaît dans sa chambre et en ressort quelques secondes plus tard, tout sourire.

– Le bocal est fermé ! Je vous l'avais dit.

Lucile ouvre de grands yeux.

– C'est censé être une bonne nouvelle ?

– Celles-ci viennent de la boîte que nous avons achetée hier : elle est percée ! ajoute Antonin.

Silence général.

– Il n'y en a que vingt. On va rapidement leur mettre la main dessus, assure-t-il.

– ...

– Je suis désolée, Clémence... Elles ont dû se réfugier chez toi parce que c'est l'endroit le plus sombre de la maison.

Charmant constat.

– Et peut-être aussi à cause de l'odeur, suggère Arthur à voix basse.

Ils partent tous les deux dans un fou rire, jusqu'à

ce que Lucile les foudroie du regard.

Deux heures plus tard, en nous y mettant tous, nous avons retrouvé dix-huit blattes.

Trois heures plus tard, installée sur le canapé du salon, je n'arrive toujours pas à trouver le sommeil. Je pense aux deux fugitives qui doivent se balader quelque part en ricanant.

Ça ricane les blattes, non ?

Bilan du mercredi 29 juillet :

☑ **J'AI GRAVE LE CAFARD**
(ET JE FAIS DES JEUX DE MOTS POURRIS)

SKATE
Soda

Jeudi 6 août

Je suis hystérique (même si, bien entendu, je ne le montre pas).

Tout en prenant garde à lever les yeux au ciel soixante fois par jour pour entretenir le sentiment d'insatisfaction que je veux continuer à donner, j'ai du mal à contenir ma joie : c'est officiel, ma chambre sera prête après-demain !

Papa est en train de terminer la peinture et nous sommes allés choisir ensemble les rideaux. Je vais aussi avoir une nouvelle housse de couette très cool et un plafonnier magnifique.

J'ai vraiment hâte d'avoir le deuxième étage pour moi, je sens que je vais m'y plaire. De la fenêtre, j'ai la meilleure vue de toute la maison ! Sur le jardin, pour commencer, et je vois même la cime des arbres du parc qui se trouve dans la rue derrière.

De chaque côté, j'ai une perspective plongeante chez

nos voisins. À droite vit un couple de personnes âgées. Ils sont adorables et ne se formalisent pas des hurlements intempestifs d'Arthur et de ses copains lorsqu'ils jouent au foot. Bon, il est aussi probable qu'ils soient trop sourds pour les entendre, mais, quoi qu'il en soit, ils n'arrêtent pas de répéter à Lucile qu'ils sont « ravis de notre arrivée ». Ils ont l'air heureux qu'il y ait un peu plus de vie dans le quartier.

De l'autre côté, une maison qui paraît inhabitée. Pas le moindre mouvement depuis que nous avons emménagé, volets et portes toujours clos, et ce, quelle que soit l'heure de la journée. J'ai questionné Papa, mais il n'a pas su me donner le moindre renseignement. Lucile a peut-être raison – ça m'embête de le dire – mais il y a des chances pour que les habitants soient tout simplement partis en vacances.

☆☆☆☆

Il fait si beau que, sur un coup de tête, je décide de mettre le nez dehors, et par la même occasion, de proposer à Violette de faire un tour au parc. Arthur y passe la moitié de ses après-midi, et j'ai jusque-là refusé tout net de l'accompagner. Le soleil me donne envie de me dégourdir les jambes, et je me dis que ça ferait du bien à Violette.

– Hors de question, annonce-t-elle sèchement quand je lui propose.

– Mais… enfin… Pourquoi ?

Elle retourne s'asseoir dans son fauteuil et se frotte une cheville avec application.

– Je ne me sens pas en forme.

Je ne veux pas paraître malpolie et me retiens de lui faire remarquer qu'elle était en train de danser lorsque je suis arrivée quelques minutes plus tôt.

– Demain peut-être ?

Elle fuit mon regard et me propose du thé.

– Oui, oui, c'est ça… Un autre jour… Un yaourt ?

Je saisis le pot et, perplexe, me vautre dans le fauteuil qui lui fait face. C'est devenu le mien au cours de l'été. Elle pince fort ses lèvres, je sens bien qu'elle me cache quelque chose. Je décide de respecter son silence et de lui faire part des dernières nouvelles du front.

– Je vais récupérer ma chambre !

Je raconte à Violette à peu près tout ce qui se passe à la maison.

Comme elle adore les sensations fortes – elle regarde un film d'action par jour, mais pas le soir car elle s'endort quand il est trop tard – elle a particulièrement apprécié l'épisode du plafond qui s'effondre, ainsi que celui de la visite des blattes.

– Je t'inviterai bien à venir la voir, mais elle est au deuxième étage.

Elle grimace en se tapotant la hanche : Violette ne monte plus à l'étage à cause d'un souci d'arthrose, mais pour ce tout ce qui est au ras du sol, elle a une sacrée pêche, croyez-moi !

Quand je lui demande ensuite de me parler du voisinage, ses yeux se mettent à pétiller : elle connaît tout le monde dans le quartier. Elle ne tarit pas d'éloges sur mes voisins, M. et Mme Halopé, me parle ensuite d'une de ses copines qui habite tout au bout de la rue et d'une famille qui a emménagé trois mois plus tôt, un peu plus haut.

– Il me semble qu'ils ont une fille de ton âge.

– Arrête…

– Quoi ?

– Tu vas me conseiller d'aller faire sa connaissance.

Elle se met à rire :

– Je ne suis pas douée pour les conseils, Clémence, crois-moi… De toute façon, tu as la tête tellement dure que tu feras tout l'opposé de ce que je pourrais te suggérer… Je me trompe ?

J'explose de rire à mon tour :

– Tu as parfaitement raison !

Je demande à Violette si elle connaît les habitants de la maison mitoyenne à la nôtre, celle qui paraît inhabitée, et, pour la deuxième fois de l'après-midi, un voile passe sur son visage.

Elle secoue la tête, et, pour éviter de répondre, enfourne un énorme cookie dans sa bouchc tout cn m'en tendant un.

La seule chose qui soit claire, c'est que j'aurai pris trois kilos avant la rentrée…

☆☆☆☆

Lorsque j'arrive à la maison, je perçois tout de suite un malaise.

Quelque chose dans l'atmosphère a changé. Des ondes négatives papillonnent un peu partout dans l'air.

Dans le couloir, Papa fait face à Lucile qui, les mains sur les hanches, se tient devant Antonin, comme pour le protéger. Celui-ci, tout rouge, fixe le bout de ses chaussures.

Mon père a l'air furieux et Antonin affreusement gêné. Je me demande ce qu'il a bien pu faire et, d'humeur moqueuse, j'ai envie de demander tout haut si le conflit a un quelconque rapport :

○ avec ses cafards, qui auraient cette fois envahi la cuisine ;

○ avec le fait qu'il transpire beaucoup des pieds ;

○ ou avec la coupe de cheveux abominable qu'il a décidé d'adopter depuis le début de la semaine, à base de gel et de raie au milieu (un crime contre l'humanité).

Arthur comprend mon intention et, de l'escalier, me fait de grands signes qui semblent vouloir dire :

○ qu'il a un sérieux problème de synchronisation des bras ;
○ qu'il a perdu la raison, de façon définitive ;
○ ou alors qu'il me suggère fortement de me retenir de plaisanter.

Dans le doute, je décide de ne rien dire, retire mes chaussures et rejoins mon frère dans l'escalier. Presque aussitôt mon père reprend la conversation qui s'était interrompue le temps de mon arrivée.

– Alors, Antonin ?

Le ton de sa voix est tellement tranchant que, si un saucisson se décidait à passer par là, il serait illico tranché en une quarantaine de fines lamelles.

– J'attends ! insiste Papa, alors qu'Antonin ne semble pas décidé à répondre.

Lucile a les pommettes si colorées qu'on jurerait que quelqu'un lui a dessiné sur les joues des ronds de feutre.

– J'aimerais régler ça, si tu veux bien, dit-elle.

Papa ne paraît absolument pas de cet avis et secoue la tête.

– Non ! Nous devons en parler tous les trois !

Il crie presque cette fois, ce qui ne lui ressemble pas du tout.

– C'est très grave ce que tu as fait !

– ...

– J'aimerais que tu m'expliques ce qui t'a pris !

– Bruno ! lance Lucile.

– Alors ?

Antonin ne bouge pas d'un cil. Il regarde toujours ses baskets comme s'il s'agissait de la chose la plus intéressante du monde. Je ne peux m'empêcher de trouver la scène amusante. Et moi aussi, je suis curieuse de savoir de quoi il retourne. Je m'assois sur une marche à côté d'Arthur en attendant que la situation se débloque.

– Vingt euros, c'est beaucoup d'argent ! lance mon père.

– ...

– Je ne tolérerai pas qu'on vole dans cette maison, tu entends !

– ...

– Clémence a lavé beaucoup de voitures pour gagner cette somme ! Tu devrais avoir doublement honte !

Soudain, je trouve que la situation n'a plus rien d'amusant. Je me lève d'un bond.

– Quoi ?

Arthur, à côté de moi et visiblement déjà au courant, grimace.

Antonin me jette un coup d'œil anxieux avant de replonger la tête vers l'avant.

Cette fois, Lucile s'emporte tout à fait.

– Bon, ça ne sert à rien de faire une scène pareille, je tirerai ça au clair tout à l'heure.

Elle se tourne vers son fils :

– Dans ta chambre !

Antonin ne se fait pas prier, passe tout à côté de nous dans l'escalier et va s'enfermer dans sa tanière. Au rez-de-chaussée, Lucile et Papa s'engouffrent dans la cuisine, mais certainement pas pour préparer un bœuf bourguignon ou une omelette norvégienne. Aussitôt la porte fermée, nous percevons des cris de dispute.

– Il m'a vraiment volé vingt euros ?

– Dans ta tirelire, confirme Arthur. Papa l'a pris en flagrant délit.

J'ai du mal à réaliser. Antonin ne me plaît pas du tout, c'est un fait : il y a tant de choses qui m'énervent chez lui, que je n'aurais pas assez d'un cahier de quatre cents pages pour tout consigner. Mais quand même… De là à soupçonner qu'il est voleur en plus de tous ses autres défauts.

Quand je m'allonge ce soir-là pour faire le bilan, je suis partagée.

D'un côté, je ressens une joie un peu malsaine à l'idée que Papa se soit fâché contre Antonin. Et tout à la fois, vu l'ambiance si lourde du dîner, je me dis que je préfère largement quand je suis la seule à faire la tête…

Bilan du jeudi 6 août :

GLAUQUE

SKATE
Soda

Mercredi 12 août

J'adore définitivement ma chambre. Bon, elle sent encore un peu le neuf, à cause la peinture qui est à peine sèche, mais sinon je m'y sens si bien que j'ai l'impression d'y dormir depuis des années.

L'ambiance s'est légèrement améliorée à la maison, mais je vois bien que Lucile et Papa sont encore un peu en froid.

Papa semble apprécier son nouveau travail, même si c'est assez difficile de changer de domaine. Lucile, de son côté, commence à préparer ses cours, elle est prof d'espagnol et je crois qu'elle appréhende la rentrée et son nouveau lycée à peu près autant que moi.

À part ça, j'ai eu beau essayer de la traîner plusieurs fois, Violette a toujours refusé d'aller jusqu'au parc. À chacune de mes tentatives, elle fait diversion à grands coups de gâteaux, de yaourts et de thé pour ne pas avoir à s'expliquer.

Depuis l'épisode du vol, Antonin rase les murs. Papa m'a rendu le billet que j'ai remis dans ma tirelire et plus personne n'a évoqué le sujet. De toute façon, Antonin et moi, on ne se parlait déjà presque pas avant alors ça ne change pas grand-chose. Je réalise tout de même que, depuis que nous sommes arrivés, son père n'a toujours pas pris de ses nouvelles.

Arthur s'est fait des amis, qui viennent régulièrement jouer dans le jardin. De temps à autre, Antonin les rejoint, mais sinon il passe le plus clair de son temps dans sa chambre. Je me demande comment fait mon frère, il réussit à entamer la conversation avec n'importe qui et en moins de deux minutes. Le pire, c'est que les copains qu'il a ramenés à la maison ont l'air à peu près normaux.

La seule fille de mon âge entraperçue en allant à la boulangerie a changé de trottoir quand j'ai tenté un timide sourire. En même temps, elle avait l'air bizarre. Elle fixait ses pieds et rentrait la tête dans ses épaules. Mince, en y réfléchissant bien, elle me ressemble beaucoup. Heureusement que j'ai Violette…

Max ne répond à aucune de mes lettres. J'ai essayé différentes choses : l'humour, les excuses, les menaces (pas une super idée, les menaces) et même de le supplier. Rien. Pas la moindre carte postale, ni même un petit mail.

Lorsque je me couche, mon esprit divague, je repense aux après-midi de skate avec Max, à nos fous rires… Je m'endors en lisant comme très souvent, et lorsque je me réveille au beau milieu de la nuit, la lampe de chevet allumée, la bave aux lèvres et le livre sur le nez, je me rends compte que je n'ai pas fermé les volets avant de me glisser sous ma couette.

Je m'approche de la fenêtre, et, finalement bien réveillée, je reste quelques secondes à contempler le jardin plongé dans le noir. À la lueur de la lune, l'abri dans lequel Papa range la tondeuse a des allures de cabane hantée. En direction du parc, quelques pièces d'un immeuble sont encore baignées de lumière.

Au moment où je me décide à fermer les volets, mes yeux se posent sur la maison de nos voisins. Je sursaute en m'apercevant qu'il y a enfin du mouvement : une voiture est stationnée devant le garage, moteur éteint. Les phares projettent un halo sur la façade blanche. Un homme sort par la porte d'entrée, ouvre le coffre du véhicule et en tire avec beaucoup de peine un énorme paquet qu'il traîne ensuite jusqu'à l'intérieur du garage dans un grondement sourd.

Quelque chose dans cette scène me glace et je préfère ne pas actionner les volets de peur que l'homme ne lève la tête. Hors de question qu'il se rende compte que j'ai assisté à cette scène.

Blottie sous ma couette, je me demande ce qu'aurait pensé ma mère de cette vision…

Bilan du mercredi 12 août :

FLIPPANT

Dimanche 16 août

J'avoue, je suis obsédée par cet étrange voisin.

Depuis le cirque de l'autre nuit, je scrute sa maison. Seulement, je ne constate pas le moindre signe de vie en journée, vous avouerez que c'est plus qu'étrange ? La nuit tombée, en revanche, quand je guette de la fenêtre de ma chambre, je perçois de la lumière dans la maison, et quelques va-et-vient toujours très bizarres.

J'ai essayé d'en parler à Papa, mais il a ri avant de me traiter de petite curieuse. Je n'ai rien dit à Lucile qui aurait sûrement, et de toute façon, trouvé que je me mêlais de ce qui ne me regardait pas.

Ces histoires d'activités nocturnes n'ont pas du tout intéressé Arthur, bien trop occupé à jouer avec ses nouveaux amis…

☆☆☆☆

Hier, en allant rendre visite à Violette, j'ai encore croisé la « fille du bout de la rue ». Elle a changé de coupe de cheveux. Une énorme mèche lui mange tout le visage. On ne voit plus grand-chose de sa figure, mais il faut reconnaître que ça lui va bien.

Je ne sais même pas pourquoi je vous raconte ça, car elle me fuit comme la peste. On dirait qu'elle a peur que je lui saute dessus pour l'étrangler, ou je ne sais quelle autre atrocité, mais ce qui est certain, c'est qu'elle fait tout pour m'éviter.

Comme si j'avais envie de faire sa connaissance, en plus…

Violette dit que je suis plus têtue qu'une mule qui aurait avalé une tête de pioche, et que ça me ferait beaucoup de bien de lier connaissance avec des personnes de mon âge. C'est totalement faux, je ne suis pas du tout d'accord avec elle : je suis bien mieux en sa compagnie. Elle est tellement intéressante et bienveillante. Je n'ai jamais rencontré quelqu'un comme elle jusqu'à présent.

Elle m'explique par exemple comment elle s'est retrouvée à travailler durant deux ans comme trapéziste dans un cirque, ou encore les détails de sa courte carrière de chanteuse. Elle m'a aussi raconté qu'elle avait longtemps tenu une mercerie. Ça lui va bien, je trouve. Elle a vendu de la laine et des bobines de fil pendant des années, jusqu'à ce que la boutique ferme. Elle connaît des tonnes de couleurs qu'on n'utilise presque jamais, comme le bleu cyan, le vert céladon, le réséda qui est un vert qui tire sur le jaune, et le bistre qui hésite entre le brun et le noir. C'est quand même plus joli que le vert caca d'oie tout ça, non ?

Elle rigole quand je lui en fais la remarque, alors j'en profite pour tenter une nouvelle fois.

– Allez Violette ! T'as vu comme il fait beau ! On emporte les sablés et on part goûter au parc !

Comme elle a épuisé depuis plusieurs jours son stock d'excuses, elle ne sait plus quoi répondre. Après quelques longues secondes, elle soupire et se tortille dans son fauteuil.

– Je ne vais plus me promener dans ce parc depuis longtemps…

C'est vraiment dommage : la veille, je me suis décidée à y faire un tour et ai constaté qu'Arthur n'en rajoutait pas lorsqu'il disait que les arbres étaient incroyables et les rosiers énormes. Je comprends encore moins le refus de ma voisine.

– Explique-moi, Violette ?

Elle fronce les sourcils un peu plus et ses petites lunettes vacillent sur son nez.

– N'insiste pas, Clémence. S'il te plaît.

Je suis bien embêtée. Premièrement d'avoir attristé Violette, et deuxièmement d'avoir plombé l'ambiance de

cet après-midi, joyeuse jusque-là. Je décide de changer complètement de sujet et de lui parler de mon voisin qui ne semble vivre que la nuit.
En riant, je lui dis que pour avoir ce rythme, il doit être soit :

- ○ un *serial killer* ;
- ○ un cambrioleur professionnel ;
- ○ ou un éleveur de hiboux.

Mais Violette ne trouve pas ça drôle du tout. J'ai vraiment dû remuer de douloureux souvenirs en insistant pour le parc car, même quand je suggère qu'il est probablement un vampire, elle ne sourit pas.

Je choisis de ne pas aggraver mon cas, et annonce que je rentre chez moi en prétextant que Lucile m'attend. J'ai fait assez de dégâts pour la journée.

☆☆☆☆

En traversant la rue, j'aperçois *Lamèche*, c'est comme ça que j'appelle « la fille du bout de la rue » depuis qu'elle a changé de coupe de cheveux.

Je ne sais pas ce qui me prend soudain, certainement un coup de folie, mais je me surprends à lui faire un petit signe amical, pour lui signifier que je suis du genre inoffensif et qu'elle n'a rien à craindre de moi.

Je crois que, dans le fond, j'aimerais bien qu'elle soit au courant que, moi aussi, j'ai emménagé il y a peu de temps, et puis aussi savoir si elle est inscrite dans le même collège. Juste comme ça, hein… Histoire de me renseigner. N'allez pas vous dire que je cherche absolument à devenir son amie.

J'agite timidement la main dans sa direction. Je la vois ouvrir de grands yeux puis se retourner. Génial… Elle me trouve tellement bizarre qu'elle est persuadée que je fais signe à quelqu'un d'autre. Je sens mon ventre se serrer et me demande comment elle va réagir en comprenant que c'est bien à elle que je m'adresse.

Et puis, tout bascule en une fraction de seconde. Alors qu'elle se met miraculeusement à sourire, j'entends du bruit derrière moi. Le temps de me retourner, je vois débouler à toute vitesse deux skateurs. Une fille aux cheveux très longs et très blonds les suit en roller. Je sursaute et fais instinctivement un pas de côté pour les éviter. Au même moment, je vois *Lamèche* qui fait de grands gestes paniqués à mon intention. Décidément encore plus étrange que moi, cette fille. Je comprends pourquoi à peine une seconde plus tard…

Ma réaction m'a permis de ne pas me faire percuter par les garçons, en revanche j'ai atterri les pieds joints dans une énorme crotte de chien. Sans rire, c'est le genre de crotte de chien qui n'existe que dans les dessins animés. Elle est tellement énorme que je n'ose pas imaginer la taille du chien coupable d'une telle infamie. Il doit être de la taille d'un double poney, je ne vois pas comment il pourrait en être autrement. Il doit également avoir de sérieux problèmes de digestion étant donné la consistance de la chose. J'ai subitement envie de vomir. À quelques mètres de moi, *Lamèche*, qui n'a rien raté de la catastrophe, est décomposée.

Les skateurs se sont arrêtés pour s'excuser et enlèvent leurs casques de protection. Celui qui est très brun et tout maigre me tend soudain la main :

– Désolé, on fonçait, pas très prudent… Moi, c'est Lucas.

Je lui tends gauchement la mienne, moite, qu'il secoue comme un prunier.

L'autre est châtain, plus grand. Il y a quelque chose de très doux dans son regard. Il me plaît tout de suite, je suis certaine qu'il sent encore plus l'abricot que Grégoire. Je prie pour qu'ils s'en aillent très vite, car ils ne semblent pas avoir remarqué dans quoi je patauge.

— Lui, c'est Gaspard, reprend Lucas.

— ...

– Et toi ?

– Euh... Clémence...

– Tu viens d'arriver dans le quartier ?

Franchement là, j'hésite entre quatre options :

- ○ prendre mes jambes à mon cou ;
- ○ faire comme si j'étais subitement devenue sourde ;
- ○ imploser ;
- ○ me désintégrer.

Au loin, *Lamèche* est toute rouge. Elle a tout saisi de la situation et je comprends qu'elle est presque aussi gênée que moi. Tout à coup, la blonde en roller, que j'avais complètement oubliée, se rapproche et se met à ricaner d'une voix trop aiguë pour être honnête. Je sais instantanément que je vais la détester.

– Ça porte bonheur ! lance-t-elle en replaçant ses cheveux soyeux.

– ...

– Et vu la taille du truc, tu vas être chanceuse pour l'année entière !

Les garçons, qui ne se sont toujours rendu compte de rien, échangent des regards perplexes. Soudain Lucas fronce les narines.

– Ça sent quoi ?

– Vous n'avez rien vu ? s'esclaffe la blonde.

– Qu'est-ce qui te prend, Faustine ? demande Gaspard.

C'est la première fois que j'entends le son de sa voix et je trouve que c'est l'une des plus jolies que j'aie jamais entendues.

Faustine pouffe de façon exagérée. Pire, bientôt, elle se tord de rire : elle sait qu'elle va écrabouiller ma future vie sociale en une phrase.

– Mais regardez ses pieds !!!

Elle repart dans un fou rire encore plus forcé, et je vois les têtes des garçons se baisser simultanément.

À cet instant je voudrais :

○ me téléporter ;

○ disparaître à tout jamais ;

○ étrangler cette fille que je viens à peine de rencontrer.

Je m'attends à ce que les garçons se moquent de moi mais, curieusement, ils ont l'air plus gênés qu'autre chose. Je leur en suis extrêmement reconnaissante. Déçue, Faustine décide de s'en prendre à *Lamèche* qui est figée dans la même position depuis cinq minutes, à quelques mètres de notre petit groupe.

– Celle-là n'a pas l'air mal non plus dans le genre neuneu…

Lamèche devient écarlate. Elle me jette un regard désespéré, puis rebrousse chemin.

– Tu es inscrite à Jean Moulin ? me demande la blonde d'un ton dédaigneux.

C'est le cas et je ne peux pas lui mentir, elle s'en rendrait compte à la rentrée, ce qui aggraverait mon cas. Toujours sans bouger, les pieds dans le caca, je murmure un minuscule « oui ». Elle lève les yeux au ciel et décide qu'elle a assez traîné par ici.

– Comme si on n'avait pas déjà assez de cas désespérés… Je rentre, vous venez ?

Contre toute attente, Lucas et Gaspard ne bougent pas. Ils ont toujours les yeux rivés sur mes baskets et je suis anéantie. Depuis le début de la scène, je n'ai pas osé me déplacer d'un millimètre. Plus le temps passe et plus l'odeur devient insupportable. Faustine hausse les épaules, replace ses cheveux et s'en va sans plus dire un mot.

– Bon, ben… On se verra à la rentrée alors ? lance Lucas en évitant de croiser mon regard.

– Oui, dis-je dans un murmure.

Gaspard, lui, se contente de hocher la tête. Ils se décident enfin à repartir sur leurs skates.

Une fois la rue débarrassée de la satanée blonde, de *Lamèche*, qui doit me détester, car par ma faute elle s'est fait agresser également par Faustine, ainsi que des garçons, je me décide à lever les pieds. C'est un carnage, mais je n'ai pas le choix : je dois faire cinquante mètres avant d'atteindre le portillon de la maison.

Je laisse derrière moi les empreintes infâmes et odorantes de la honte…

☆☆☆☆

Lorsque je franchis le seuil de la maison en tenant mes baskets par les lacets, j'ai envie de pleurer et je me dis que Maman me manque cruellement dans des moments pareils. C'est un comble, car elle ne mérite pas d'être mêlée à une histoire de crotte de chien.

Arthur commence à se moquer de moi, mais se ravise en voyant les larmes couler sur mes joues. Antonin, assis à côté de lui dans le canapé, lui colle un coup de coude dans les côtes et, pour la première fois, je me dis qu'il y a peut-être un peu de bon chez ce garçon.

Heureusement, Lucile et Papa sont partis faire des courses.

J'hésite un moment, mais finis par fourrer mes baskets

préférées dans un sac plastique pour masquer au maximum l'odeur, et enfonce le tout dans les profondeurs de la poubelle.

Bilan du dimanche 16 août :

☑ **PIRE QU'ABOMINABLE ÇA EXISTE ?**

SKATE
Soda

Jeudi 20 août

J'avoue, depuis ma mésaventure, je regarde tous les chiens de travers. Je ne pense pas avoir croisé le coupable, et c'est techniquement impossible qu'il s'agisse du chihuahua de nos voisins, M. et Mme Halopé…

Arthur m'agace. Il fait le fayot avec Lucile à longueur de journée. Toujours souriant, toujours poli, une vraie tête à claques. Encore plus que d'habitude, je veux dire. Et vas-y que je te débarrasse la table, vas-y que je propose de sortir les poubelles… Il pactise avec l'ennemi et tout ça sans le moindre scrupule. Même Antonin a l'air de trouver ça bizarre, à sa façon, c'est-à-dire en ne disant rien. Sinon, entre Lucile et Papa, c'est de nouveau le grand amour… Écœurant.

Papa m'a demandé ce que je voulais faire comme activité cette année. Avant, je faisais de la danse avec Félicie, mais j'ai simulé un problème à la cheville pour arrêter quand nos rapports n'ont plus été au beau fixe. Et puis,

Papa a fini par comprendre que l'entorse se situait plutôt au niveau de mon cœur et n'a pas insisté.

J'ai toujours rêvé de faire d'un instrument, mais je ne sais pas si j'aurais assez de patience pour suivre des cours de solfège de façon sérieuse. Et puis sinon… Quel sport choisir ? Athlétisme, basket, gym ? Rien ne me dit vraiment.

Ce lèche-bottes d'Arthur a annoncé qu'il se mettait au handball et devinez quoi : Lucile a été championne de handball dans sa jeunesse, il y a environ deux cents ans. Curieuse coïncidence, non ?

Hier, alors que je grimaçais dans le dos de Lucile, Arthur m'a dit que j'étais jalouse de lui et hystérique. Pfff… N'importe quoi ! Jalouse de quoi d'abord ? Franchement, encore une fois, je me demande ce qu'on a en commun lui et moi. Il a toutefois raison sur un point : je suis super stressée, mais ça ne fait pas de moi une hystérique. Il faut dire que, cette fois, la rentrée et mon anniversaire approchant, le mélange des deux me met dans un drôle d'état.

Depuis que Maman est morte, les rentrées n'ont plus le goût de fête qu'elles avaient. Surtout cette année, avec l'arrivée dans ce nouveau collège… Et pour ce qui est de mon anniversaire, n'en parlons pas. Mes trois derniers gâteaux avaient un goût amer sans sa présence.

Oui, chaque année, j'appréhende cette date.

Antonin est vraiment un drôle de numéro. Il passe le plus clair de son temps dans sa chambre, officiellement à tenir compagnie à ses horribles bestioles, et aussi, je le sais, à s'entraîner à je ne sais quoi. Hier, sa porte était entrouverte et, quand je suis passée dans le couloir, je n'ai pas résisté à jeter un petit coup d'œil innocent. Bon, OK, j'ai espionné si vous y tenez… Bref, je l'ai vu en train de faire des pompes. Ensuite, il a enchaîné avec des mouvements dans le vide, comme s'il cherchait à gifler un fantôme. Il sort deux ou trois fois par semaine pour se rendre soi-disant à la bibliothèque, mais il revient toujours les mains vides. Vraiment bizarre, je vous assure.

☆☆☆☆

Il me faut des nouvelles baskets. Je n'ose pas expliquer l'horrible histoire de la crotte de chien à Papa, alors je le baratine. Je raconte que j'ai posé les miennes sur le rebord de la fenêtre, car elles sentaient mauvais, et qu'elles ont mystérieusement disparu quand j'ai voulu les récupérer quelques heures plus tard. Il écoute mon explication distraitement et déclare que nous irons en acheter une nouvelle paire. Son travail le préoccupe et, à certains moments, il n'est pas tout à fait avec nous, ce qui m'arrange bien pour cette fois. Lucile tique en revanche, je vois bien qu'elle fronce les sourcils en me regardant d'un drôle d'air. Elle hésite, mais ne dit rien. Ce qu'elle peut m'agacer à vouloir se mêler de tout. Généralement, elle donne son avis même lorsque celui-ci n'a pas le moindre intérêt. Je sais qu'elle n'a pas une position facile – je ne suis pas un monstre – et qu'il ne doit pas être évident d'arriver dans une famille (oui, même trois, c'est une famille). Et puis Antonin n'est pas ce qu'on peut appeler un véritable enfant, c'est un mini-adulte qui vit dans un monde parallèle. Non, Lucile ne sait pas y faire, elle n'est pas habituée. Heureusement qu'Arthur, bon petit soldat, lui obéit au doigt et à l'œil.

☆☆☆☆

Rien de neuf du côté du voisin vampire – je pense qu'il vit seul. Ça fait deux nuits qu'il ne se passe rien chez lui, il a dû repartir dans les Carpates. Quand j'en parle à Violette, elle fait une drôle de tête. Je crois bien qu'il file la frousse à tout le quartier.

Sacrée Violette. Aujourd'hui, elle m'avoue qu'elle a été modèle quand elle avait vingt ans, et même Miss Bretagne. J'ai l'impression qu'elle a eu cent vies ! Comme elle me demande où j'en suis avec *Lamèche*, je lui raconte l'épisode atroce avec Faustine et les garçons, et elle compatit. C'est ce genre de personne Violette. Elle ne se moque pas, elle ne juge pas, elle ressent les mêmes choses que moi et me réconforte juste ce qu'il faut. Sans en faire des tonnes.

Elle pense qu'il faut que j'aille sonner chez *Lamèche* et que je me présente pour de bon. Moi, je crois que c'est une très mauvaise idée, cette fille doit me détester à l'idée d'avoir été associée au fiasco de l'autre jour…

J'ai autant envie d'aller sonner chez elle que de :

○ manger un putois enragé ;
○ avoir des bras en mousse à vie ;
○ me réconcilier avec *CettepestedeFélicie*.

Ça vous donne une vague idée de ma motivation.

Du coup je taquine un peu Violette et lui demande pourquoi elle n'invite jamais des gens de son âge à prendre le thé. Honnêtement, c'est du gâchis : c'est une reine de la pâtisserie et il n'y a que moi qui en profite ! Elle prétend qu'elle est un peu sauvage.

– Moi, c'est différent, répond-elle.

C'est drôle, tout le monde dit toujours ça :

- Les profs nous demandent de soigner notre écriture alors qu'ils écrivent comme des cochons manchots, mais eux, c'est *différent*.
- Papa ne supporte pas qu'on dise un gros mot, mais au moins dix fois par jour en lâche des spécimens, mais lui, c'est *différent*.
- Violette m'incite à me faire des copains de mon âge, mais si elle reste seule dans son coin, eh bien c'est *différent*...

On marche sur la tête, je vous jure. Je sais que je ne suis pas super équilibrée dans mon genre, mais autour de moi ce n'est pas brillant non plus.

En rentrant, je vérifie la boîte aux lettres : rien pour moi. En revanche, lorsque je dépose le courrier sur la desserte de l'entrée, Antonin se précipite pour saisir une enveloppe et l'ouvre en moins de temps qu'il n'en faut pour le dire. Je le vois sourire, puis détaler dans sa chambre.

Encore une journée sans nouvelles. Max m'ignore. En fait, il ne m'ignore pas, c'est pire : je n'existe plus. Je devrais me dire que c'est peut-être mieux ainsi puisque de toute façon je ne l'aurais presque plus revu, mais c'est plus fort que moi, mon ventre se tord à chaque fois que je pense à notre amitié.

Max, c'est un peu un Violette en plus jeune. Il a toujours été de mon côté, de mon avis, même quand il savait que j'avais tort. Surtout même… Ce qu'on appelle un véritable ami.

Je grimpe jusqu'à ma chambre, évite un avion en papier de justesse en passant près de celle d'Arthur, et lorsque j'ouvre la porte je manque de tomber dans les pommes : Lucile se tient devant mon bureau et elle a mon carnet dans les mains. Celui dans lequel je résume les bilans que je fais à Maman.

J'hésite entre :

○ mordre le sol ;

○ faire mordre le sol à Lucile ;

○ pleurer en mordant le sol.

Au final, je ne fais rien de tout ça. Je n'en ai même pas besoin. Lucile lâche le journal qui se corne en tombant. Elle devient toute rouge, danse d'un pied sur l'autre. Ce tableau serait comique si ce n'était pas si tragique.

– Ce n'est pas ce que tu crois, bafouille Lucile.

C'est marrant, ça aussi. D'après les autres, ce n'est jamais ce qu'on croit. Oui, même quand c'est évident et qu'il n'y a pas trente-six possibilités. Sérieusement, elle me prend pour une écervelée ou quoi ? Allô la Terre ! Elle était en train de tenir mon journal et de le lire, ce n'était sans doute pas pour prendre connaissance de la météo ou bien pour chercher une définition ! Elle fouillait !

Je ne cherche pas à discuter, bien trop occupée à réfléchir à ce qu'elle a pu découvrir sur les pages de mon carnet. Lucile en prend pour son grade, seulement je suis certaine d'avoir le droit d'y écrire ce que bon me semble. Après tout, cet objet est censé être privé !

Elle essaye de s'expliquer, plusieurs fois, en posant une main sur mon épaule. J'ai tellement envie qu'elle disparaisse le plus loin possible de ma vue, que je ne bouge pas d'un poil, ce qui visiblement la trouble encore plus que si je m'emportais. Elle finit par quitter ma chambre au bout de quelques minutes et, dès qu'elle referme la porte derrière elle, les larmes jaillissent de mes yeux. Avec tellement de force que ça me surprend moi-même. Nous ne réussirons jamais à nous entendre.

Je ne descends pas dîner. Quand Papa monte me voir, je ne lui dis rien pour Lucile et le carnet. Il gobe mes mensonges, pense sincèrement que j'ai mal au ventre et pose un baiser sur mon front en calant ma couette sous mon menton.

Je ne devrais pas me sentir si mal, Lucile n'est pas mon amie. Pourtant j'ai l'impression d'avoir été trahie.

Entre le fils qui vole mon argent et la mère qui fouille dans mes affaires, je ne suis pas vernie…

Bilan du jeudi 20 août :

NULLISSIME

SKATE
Soda

Mercredi 26 août

C'est mon anniversaire. Vivement demain.

Papa a acheté des croissants et des pains au chocolat. Il a dressé une très jolie table de petit déjeuner. Maman avait cette habitude pour chacun de nos anniversaires.

Il a mis des fleurs sur la table. Plusieurs minuscules et adorables petits bouquets. Une carte est posée contre mon bol sur laquelle il a écrit un très joli mot. Le même que chaque année.

« Petit à petit, mon oiseau grandit. »

Je sais qu'il a fait déguerpir tout le monde pour que je déjeune tranquille. C'est le moment de la journée que je préfère et encore plus le jour de mon anniversaire : un petit déjeuner en paix. La cuisine donne sur le jardin et, comme il fait très beau aujourd'hui encore, la lumière du matin vient envelopper les fleurs et toute la table.

J'entends Arthur à l'étage qui discute avec Lucile, ainsi que des coups réguliers pile au-dessus de ma tête : Antonin s'est mis à la corde à sauter. Oui, je sais, j'ai encore espionné…

Depuis l'histoire du journal intime, je n'ai presque pas parlé à Lucile. Il faut dire qu'en plus de la trahison en elle-même, je me sens affreusement gênée : je ne sais pas ce qu'elle a eu le temps de lire, sachant qu'elle en prend à chaque page, la pauvre. Je dis « la pauvre », car je ne me sens pas fière de tout ça. Je ne suis pas une peau de vache, vous ne le savez peut-être pas, alors je tiens à le préciser. Mais nom d'un fennec rôti ! Ce journal est censé être un espace pour les bilans que je partage avec Maman ! J'ai bien le droit d'y mettre ce qui me passe par la tête, non ? Si vous n'êtes pas d'accord, merci de garder votre opinion pour vous.

Soudain quelque chose attire mon regard. À côté des baskets neuves que j'ai achetées avec Papa il y a quelques jours, mes Converses attendent sagement. Oui, vous m'avez bien comprise, celles irrémédiablement crottées que j'ai lâchement abandonnées dans la poubelle il y a quelques jours.

Je ne termine pas mon pain au chocolat et fonce vérifier qu'il s'agit bien de la même paire. Aucun doute possible, ce sont les miennes : j'avais dessiné au stylo-bille des petits cœurs sur le côté de la semelle et je les distingue encore nettement malgré le nettoyage. Incroyable ! Miracle en provenance directe de Lourdes !

Au moment où je les repose, Lucile descend l'escalier. Je sais que c'est elle. Et elle sait que je sais. Ou plutôt, elle sait que je sais que c'est elle… Je réalise à peine, grimace un sourire qu'elle me rend timidement.

Mouais. C'est vrai que c'est sympa. Mais ne croyez pas que je vais me laisser amadouer aussi facilement. Elle est maligne et tente de racheter sa faute. N'empêche, l'imaginer en train de nettoyer les chaussures… Je retourne m'asseoir et avale tout rond la fin de mon pain au chocolat. Il a un drôle de goût… Celui de la culpabilité, vous croyez ?

☆☆☆☆

J'ai bien compris qu'il se trame quelque chose dans mon dos : je suis à peu près certaine que Papa a invité les grands-parents à venir passer la journée avec nous. Depuis quelques jours, il promène partout sa tête de conspirateur. Le plus drôle, c'est qu'il se croit discret, c'est d'un comique… Il est aussi doué pour les surprises qu'une autruche pour les parties de cache-cache. Quoi qu'il en soit, je suis ravie de revoir mes grands-parents et qu'ils découvrent tous les quatre notre nouvelle maison.

Je fais semblant de ne rien voir venir mais j'ai senti que Mamilie était tout excitée quand je l'ai eue au téléphone avant-hier… Une vraie gamine !

Je passe la matinée à lire dans ma chambre. Si tout se déroule comme je l'imagine, ils vont arriver en douce et Papa va les cacher dans le séjour jusqu'à ce que je descende pour le déjeuner. Comme je suis vraiment une fille sympa, je ne vais pas faire échouer son si prévisible plan en traînant au rez-de-chaussée toute la matinée.

Il est presque onze heures quand j'entends des coups résonner contre le bois de ma porte. Tiens ? On vient me chercher en avance ? Je lance mon « Entrez ! » le plus détaché et suis surprise de voir que c'est Antonin qui passe la tête par l'entrebâillement.

Je ne sais pas comment l'accueillir. À vrai dire, on ne s'est jamais retrouvés seuls tous les deux et, même en compagnie des autres, c'est beau si on échange trois mots.

– Salut, lance-t-il aussi mal à l'aise que moi.

– …

– Bon anniversaire, au fait.

« Au fait », trop bizarre le gars. Drôle de façon de souhaiter un anniversaire.

Et paf, alors que j'étais en train de lever mentalement

les yeux au ciel, le voilà qui sort de derrière son dos un paquet. Je reconnais le papier de Noël dernier qui traînait dans le bureau de Papa. Il fait deux pas vers moi et tend son bras droit devant mon nez. Je comprends que le paquet m'est destiné, mais me demande à son attitude s'il a décidé de m'assommer ou de me gifler avec. Si quelqu'un nous observait à cet instant, il se demanderait dans quelle tribu il a atterri et quel rite nous sommes en train d'effectuer.

Je suis tellement étonnée que je ne trouve rien à dire.

Antonin ?

Un cadeau… Pour moi ?

Quelqu'un a dû le forcer, je ne vois pas d'autre possibilité. Ou alors c'est sa mère qui a décidé de poursuivre son travail de fond pour se faire pardonner le coup du carnet. Antonin doit plus ou moins deviner mon étonnement, ce qui n'est pas trop difficile vu la tête que je dois faire. Il précise en agitant sa main toujours pleine :

– Je suis allé l'acheter hier.

– …

– T'en veux pas ?

Je secoue la tête, incrédule, et saisis le cadeau.

– Euh… Oui, excuse-moi… C'est que je suis un peu étonnée.

Cette fois-ci, c'est lui qui se tait et, d'un mouvement du menton, il m'invite à déballer le paquet. Je déglutis et m'applique à déchirer lentement les sapins de Noël et les rennes qui ornent le papier. Là, stupeur : je tombe nez à nez avec l'agenda de mes rêves, celui que Papa a refusé de m'acheter car il en avait récupéré un noir « tout simple, mais fonctionnel » à son travail.

J'hallucine. Complètement. Deux licornes pourraient traverser ma chambre en dansant un tango que je ne les verrais pas.

Le simple fait qu'Antonin se ramène dans ma chambre de son plein gré est proprement délirant, qu'il le fasse avec un cadeau qui m'est destiné défie l'entendement, mais en plus… que le cadeau lui-même corresponde exactement à une de mes envies…

Je ne sais pas comment réagir tant je suis sciée.

– Ben… Je ne sais pas quoi dire en fait.

– Alors, ne dis rien.

– Quoi ?

– Ben, si tu ne sais pas quoi dire, ne dis rien, répond-il stoïquement.

– …

– Ou alors, merci. Ça se fait.

– Ah oui… Merci, évidemment.

– …

– C'est vraiment… très… gentil.

– …

– Sérieusement, Antonin.

Et je le pense vraiment. Sincèrement.

Pour la première fois depuis neuf mois, jour de notre première rencontre, je le vois d'un œil peut-être un peu objectif.

Il n'a pas une dégaine si pourrie que ça, en fait, et pas non plus un air aussi bovin que je le disais à Max. Et nous avons peut-être plus de points communs que j'ai bien voulu l'admettre jusque-là.

Il se met tout à coup à torturer ses doigts entre eux. Je sens qu'il cherche à me dire quelque chose. Déjà je déchante, à tous les coups il m'a offert l'agenda parce qu'il attend un service en retour… Moi et mes bons sentiments.

– Au fait, lance Antonin.

– …

– Le coup des vingt euros dans ta tirelire…

– …

– J'attendais qu'un copain me rembourse et ça ne venait pas. J'ai reçu sa lettre avec du retard. Comme j'étais à sec, je pensais emprunter et replacer ensuite le billet ni vu ni connu.

– …

– Mais tu n'es pas obligée de me croire, ajoute-t-il.

Je le revois ouvrir le courrier et sourire. C'était donc ça !

– Je te crois.

Il lève les yeux vers moi, surpris.

– Ah oui ?

– Oui.

– …

– Bon… Tu avoueras que c'est un peu tordu de prendre de l'argent à quelqu'un à qui on veut offrir un cadeau, même si j'ai bien saisi le concept.

– C'est pas faux, admet-il en se mettant à rire, doucement, comme tout ce qu'il fait.

Je l'accompagne volontiers.

Il a l'air heureux et ça n'est pas si souvent. Je prends conscience que je vois notre cohabitation comme une contrainte, mais qu'il en est de même pour lui. Antonin ne va plus rendre visite si souvent à son père, avec qui les rapports ne sont pas simples, si j'ai bien tout compris. Lui aussi a perdu son environnement, son monde et son quotidien. Je me sens subitement égoïste de le voir comme un intrus dans ma vie, car je suis une intruse en puissance dans la sienne.

– Clémence !!! Viens vite !

La voix de mon père me parvient de la cage d'escalier.

– Tiens, tiens… Je crois que je vais avoir de la visite.

Antonin s'arrête de rire soudain et ouvre de grands yeux.

– Tu es au courant ?

Je soupire et prends un air blasé.

– Je lis en mon père comme dans un livre ouvert… J'ai bien compris que mes grands-parents allaient débarquer !

Il referme la bouche et regarde un peu partout dans la chambre, soudain en proie à une série de tics nerveux.

– Ah… balbutie Antonin.

– Ça ne va pas ?

– Non, enfin… Je pensais…

– Oh, tu sais, Papa est hyper prévisible, mais ça me fait super plaisir, hein !

– …

Mon père m'appelle une nouvelle fois, un peu plus fort.

– On y va ? lance Antonin, maintenant en souriant franchement.

– On y va.

Dans le salon, cachés derrière la porte, m'attendent Mamilie, Papydou, Mona et Papy. Ils trépignent, pas du tout en silence. Je les entends du couloir et les « chut » tonitruants de mon père et de Lucile me provoquent un fou rire nerveux. Après, je ne sais plus trop ce qu'il se passe, je suis kidnappée par huit bras, quatre têtes, des milliers de bisous, et c'est le bonheur.

On m'assoit, on me sert des plats délicieux. On me couvre de cadeaux, m'assaille de questions, et je me sens sacrément chanceuse. Antonin me jette des regards en coin tandis qu'Arthur raconte comment il a sauvé un chat de la noyade la veille au parc. Lucile a l'air à l'aise en compagnie de ma famille et l'envie de lui donner une chance vient me titiller…

L'après-midi file à la vitesse de la lumière, j'ai été bien trop gâtée et ne sais où donner de la tête. Je regarde des albums photo avec mes grands-mères, pendant que Papydou raconte ses interminables exploits de pêche à Antonin et Arthur qui semblent passionnés.

Je me dis que cette journée est la meilleure depuis… en réalité, je n'arrive même pas à me souvenir. Un court instant, je me dis que cette conclusion va faire tache dans les bilans. Et je prends conscience que quelquefois je m'applique à ne voir que le négatif. Quelque part, je sais que ma mère hoche la tête en entendant mon raisonnement.

Et puis, la sonnette retentit. Je la perçois sans réellement l'entendre, car je suis bien trop occupée pour réagir. Quand Lucile insiste pour que j'aille ouvrir, je soupire, mais comme je ne veux pas entacher la bonne humeur ambiante je m'exécute.

Il doit être approximativement dix-huit heures quand j'ouvre la porte et que je découvre mon père : il porte un volumineux sac à dos et derrière lui se tient... Max ?

– Hello, Clem.

– ...

– Bon anniversaire, ajoute-t-il.

Mes yeux passent successivement de Max à Papa. Je ne m'étais même pas rendu compte que celui-ci s'était éclipsé.

Je dois avoir l'air d'un mérou à la mâchoire coincée.

– Ça va, Clémence ? s'inquiète mon père.

– ...

Derrière moi, il y a foule, ils se sont tous attroupés pour assister à la scène et, à la tête que fait Antonin, je comprends qu'il a cru un instant que j'avais deviné cette surprise tout à l'heure.

Mes neurones dansent le hula hoop et je ne sais pas trop comment réagir, mais je décide d'arrêter de trop réfléchir et saute au cou de mon meilleur ami. Maintenant qu'il est là, je ne voudrais pas qu'il lui vienne l'idée de repartir.

Nous retournons au salon dans un joyeux chahut. Mon père me souffle une confession à l'oreille.

– C'est grâce à Lucile tout ça. Elle a fait des pieds et des mains pour trouver son adresse et son numéro de téléphone, et surtout pour le convaincre de venir passer quelques jours avant la rentrée.

Je ne sais pas si c'est la fatigue, la lumière de cette fin de journée ou bien encore toutes ces émotions, mais des larmes se mettent à couler sur mes joues et je ne cherche pas à les retenir, car cette fois elles sont accompagnées d'un intense bonheur.

J'observe Lucile qui débarrasse la table de toutes les miettes du gâteau. Je l'imagine en train de nettoyer mes Converses crottées et de chercher dans mon journal les coordonnées de Max. À cet instant, je me dis que j'aurais pu tomber sur un spécimen de belle-mère plus redoutable que celui-là.

Bilan du mercredi 26 août :

☑ **FANTASTIQUE**

Samedi 29 août

Depuis le déménagement j'ai la sensation d'avoir été en apnée, comme au fond d'une piscine super profonde sur laquelle on aurait refermé le volet de protection. Revoir Max, prendre conscience qu'il était aussi content de me retrouver que je l'étais, c'est un peu comme prendre une grande inspiration après de longues secondes sans oxygène.

Violette, trouvant étrange de ne pas me voir de la journée, est venue sonner à la maison. Lucile l'a invitée à prendre le thé et on a bien rigolé, Max l'a tout de suite adoptée, tout comme Arthur et Antonin. Je crois bien que Violette a l'intention de nous apprendre à jouer au poker. Apparemment, elle a aussi eu son petit succès dans les salles de casino fut un temps, il faudra tout de même que je pense à éclaircir quelques points de son passé.

Ça m'a fait du bien de revoir mes grands-parents. Ils reviendront passer quelques jours le mois prochain et il est question qu'on passe les vacances de la Toussaint chez eux.

Et avec Max ? On rattrape le temps perdu ! Je me suis excusée platement, mais n'ai pas eu à en faire des tonnes non plus. C'est ce qu'il y a de bien avec lui. Il a avoué qu'il s'était emporté mais, au fond, je comprends parfaitement sa réaction. Alors on ne va pas épiloguer sur cet incident de parcours.

☆☆☆☆

La nuit dernière, nous dormions tous les deux – Papa a installé un matelas gonflable dans ma chambre – et, comme il faisait très chaud, j'avais laissé la fenêtre ouverte. Vers minuit, nous nous sommes réveillés en sursaut : un grand fracas métallique provenant de l'extérieur avait fait trembler la vitre.

On s'est levés d'un bond. J'ai tout de suite eu un pressentiment, alors j'ai empêché Max d'allumer la lumière. Je lui ai fait signe de ne pas faire de bruit et on s'est postés à la fenêtre. Bingo ! Le voisin bizarre était encore en train de traîner des choses jusqu'à son garage.

– On dirait un cadavre… a murmuré Max.

J'avoue, je n'avais pas été jusque-là dans mes élucubrations, mais maintenant qu'il le disait…

– Tu crois ?

– Si je crois ? J'en suis sûr ! répliqua Max d'un ton catégorique.

– Moins fort !

Le voisin s'est arrêté et a levé la tête vers nous. Heureusement, nous étions dans le noir complet.

Autant vous dire qu'on a eu un mal fou à se rendormir après tout ça. Max est parti du principe que le bruit épouvantable provenait des outils que mon voisin avait utilisés pour tuer sa victime et qu'il avait laissés tomber… Brrr…

Évidemment, ce matin personne n'avait rien entendu. Ni Antonin, ni Arthur, ni Lucile ou encore Papa… Ça aurait été trop beau.

Max est d'accord pour aller passer notre dernière après-midi chez Violette et, quand je lui raconte notre nuit, elle s'énerve. C'est bien la première fois que je la vois s'emporter.

– Arrête de me parler de cet homme, Clémence, j'ai déjà assez de soucis comme ça !

Je veux bien qu'elle ait des soucis, mais il faudrait quand même m'expliquer pourquoi elle est aussi chatouilleuse sur ce sujet. Comme Violette est vraiment adorable, elle reprend aussitôt une contenance, nous inonde de gâteaux, et change de sujet plus vite qu'il n'en faut pour le dire. Elle a aussi dû faire de la politique à un moment de sa vie…

Sur le chemin du retour à la maison, Max me fait part de sa théorie.

– Ce type a dû essayer de kidnapper Violette.

Je pouffe, il est vraiment encore plus cinglé que moi.

Nous nous apprêtons à passer le portillon quand *Lamèche* déboule dans la rue. Je deviens écarlate et pousse Max devant moi.

– Qu'est-ce qui te prend ? lance-t-il.

Trop tard, *Lamèche* nous a vus et baisse la tête. Génial. Non seulement je dois raconter à Max le coup de la crotte de chien géante et, en plus, je passe pour une grosse malpolie. Point positif pour lui, il attrape un énorme fou rire.

Sans mauvais jeu de mots, je sens que cette histoire va me suivre un bon moment…

☆☆☆☆

Un peu plus tard dans la journée, j'emprunte les raquettes de badminton d'Arthur. Ce qui devait arriver arrive, le volant survole la haie et, je vous le donne en mille, tombe à côté… Pas chez M. et Mme Halopé, non, ça aurait été trop beau, il atterrit chez le « tueur découpeur de mamies », enfin si j'en crois les théories de Max. Je ne vous raconte pas sa tête quand il se rend compte qu'il a frappé trop fort le volant.

– Oh non ! s'écrie Arthur en fonçant sur nous. Débrouillez-vous pour le récupérer !

J'ai à peu près autant envie d'aller sonner chez le présumé coupable que de :

- ○ manger des chenilles urticantes ;
- ○ me faire arracher les ongles des pieds à la tenaille ;
- ○ tomber dans la bouse d'une vache géante qui aurait la diarrhée.

Bref, j'ai beau essayer de noyer le poisson et de promettre que j'irai plus tard, sans faute, en croisant les doigts derrière mon dos, Arthur peste tellement que je ne peux pas faire autrement.

Voilà comment je me retrouve devant le portail d'un probable fou, qui doit certainement nous attendre le volant dans une main et une tronçonneuse dans l'autre. Max, courageux, mais pas téméraire, se tient dans mon dos.

– Je tiens à passer la dernière nuit chez toi, vivant… déclare-t-il.

Je me hisse sur une pierre qui dépasse du mur d'enceinte et là, petit miracle, je distingue le volant sur un coin d'herbe, juste derrière la haie mitoyenne. J'ai soudain une idée lumineuse.

– Si tu me fais la courte échelle, je pense que je peux le récupérer sans sonner, dis-je à Max.

– Quoi ? T'es pas bien ? s'exclame mon ami.

– Allez ! Ensuite, ni vu ni connu, et on rentre à la maison !

Dans les films, ce genre de plan est toujours imparable. Dans la réalité, c'est légèrement différent… Max me fait effectivement la courte échelle, mais selon une variante dite « de la courte échelle propulsée ». Je m'envole donc par-dessus le mur, m'écrase comme une crotte sur le sol en étouffant un juron, et, pile au même moment, je vous le donne en mille… Vous avez deviné.

– Mais ? Qu'est-ce que… lance une voix.

Je me relève en quatrième vitesse et remets mes vêtements en ordre. Le supposé criminel se tient devant moi, il a dans les quarante ans et l'air franchement bizarre, enfin je crois. Plan B ? Faire comme si de rien n'était.

– Euh… Bonjour, monsieur… Je suis votre voisine, dis-je en bafouillant.

– …

– J'ai malencontreusement fait tomber mon volant de badminton chez vous.

– …

Manque de chance, Max décide que c'est le moment

de s'inquiéter de mon sort et lance de derrière le mur :

– Ça va, Clémence ?

– ...

– Réponds-moi ! Et grouille !

Le « corbeau » – car, en plus d'être bizarre, il est tout de noir vêtu – me fixe d'un air mauvais. Il me laisse me dépêtrer avec mes invraisemblables salades. Comme Max s'entête à m'appeler et s'inquiète de ne pas m'entendre, je décide de lui répondre, un peu pour le rassurer, beaucoup pour le faire taire.

– J'arrive Max ! C'est bon !

– ...

Je fixe le volant qui semble me lancer des appels au secours, et n'ose regarder mon voisin. Il n'a pas bougé depuis qu'il m'a découverte dans son jardin, il a toujours les mains calées sur les hanches et l'air mauvais.

– Je peux ? dis-je, n'osant me déplacer dans son jardin sans son autorisation.

J'ai très très envie d'être loin d'ici, et encore plus quand je comprends que je ne suis qu'à quelques mètres de la voiture dans laquelle il transporte des choses suspectes toutes les nuits.

Il ne m'a toujours pas répondu et, quand je me décide enfin à le regarder, son regard métallique me pétrifie.

De son tee-shirt noir dépasse un tatouage, il tire sur la manche en s'apercevant que je le détaille.

– Oui. Vas-y, souffle-t-il d'une voix très grave.

Je n'en demande pas plus et cours jusqu'au volant. Je repasse devant lui au pas de course sans trop savoir comment je vais pouvoir ressortir. Je ne vais quand même pas escalader le mur devant lui ?

– Minute, lance-t-il.

Il se déplace lentement et me dépasse. Je retiens mon souffle. Sans dire quoi que ce soit, il déverrouille le portail et d'un geste de la main, m'indique la sortie. Je respire un bon coup et file droit devant moi en bredouillant un merci incompréhensible.

– Au fait, murmure le « corbeau ».

Je me fige. Max, qui a enfin compris la situation, est plaqué contre le mur.

– ... Oui ?

– La prochaine fois, tu peux sonner.

Je pivote légèrement et hoche la tête. Il fait tomber sa clé, et quand il se penche pour la ramasser, une longue chaîne glisse de sa poche. Aussitôt, je l'imagine en train de saucissonner ses victimes et j'ai bien du mal à garder mon calme.

– Oui... Merci... dis-je en lui tournant le dos.

La prochaine fois ? La prochaine fois ? Non, mais il n'en est pas question.

Je me fais la promesse de ne plus jouer de ma vie à n'importe quel jeu où il y a un quelconque risque de balle ou de volant perdu. Il faudra me traîner pour que je franchisse une nouvelle fois ce mur !

Notre dernière soirée, Max et moi la passons à commenter cet événement.

La crainte et l'imagination ont le mérite de ne pas nous faire trop penser aux au revoir du lendemain.

Bilan du samedi 29 août :

☑ EFFRAYANT

SKATE
Soda

Jeudi 3 septembre

C'est la rentrée et j'ai envie de vomir.

Non, je ne suis pas malade et je n'ai pas non plus d'indigestion suite au drôle de cassoulet que Lucile a eu l'idée de nous préparer en cette veille d'école… J'ai juste super peur, et suis tout à la fois excitée à l'idée d'autant de nouveautés.

Arthur entre en sixième tandis qu'Antonin passe comme moi en quatrième. Il y a peu de chance pour que nous soyons dans la même classe, car nous n'avons pas la même première langue vivante.

J'ai passé facilement deux heures à trouver *la* bonne tenue. Tout ça pour finir par choisir un jean, un débardeur noir et un sweat à capuche… Je me fatigue moi-même, c'est déprimant.

J'ai appelé Max pour lui souhaiter une bonne rentrée. Drôle de sensation de savoir que nous ne nous verrons plus au quotidien, même si je sais que notre amitié prend une nouvelle forme.

Violette est passée me déposer une boîte pleine de sablés et un bouquet de ces jolies roses anciennes qui poussent dans son jardin. Je l'ai serrée fort dans mes bras et lui ai promis un rapport détaillé.

Papa s'est arrangé pour nous conduire. Lucile, quant à elle, est à peu près aussi stressée que moi. Elle va devoir se partager sur trois lycées.

Au moment de quitter la maison, je lui ai fait la bise alors que nous n'avons pas le moindre contact en temps normal. Après tout, on a presque les mêmes angoisses… Elle a été surprise puis m'a adressé un grand sourire en attrapant un sac à main géant rempli d'une multitude de classeurs.

☆☆☆☆

Plus le monospace s'éloigne de la maison et plus j'ai mal au ventre. Nous sommes tous les trois plantés devant l'entrée du collège et j'hésite un instant à aller voir ailleurs si j'y suis.

– C'est parti ! annonce Arthur tout guilleret.

Mon frère est incroyable… D'habitude il m'agace, mais aujourd'hui je me sens envieuse de sa belle assurance et, il faut le dire, assez admirative de son aplomb. Lui cumule le passage au collège avec le déménagement, c'est bien pire que moi. Antonin, en revanche, est au moins aussi anxieux que moi. Il souffle un long moment et tourne vers moi un visage qui ne me rassure en rien. Arthur attend notre top départ pour s'élancer, mais la sonnerie retentit, ne nous laissant plus la moindre chance de reculer.

Les élèves sont regroupés en petits « troupeaux » en fonction de leurs niveaux dans l'immense cour. Arthur nous salue avant de foncer vers les sixièmes. La mort dans l'âme, Antonin et moi avançons péniblement vers l'amas de quatrièmes.

Soudain, je distingue Faustine, la blonde moqueuse. Elle est entourée d'un petit groupe de filles et toutes ricanent en me voyant passer. La moitié du collège doit déjà savoir que la nouvelle que je suis est tellement gourde qu'elle marche dans des crottes si géantes que même une taupe aveugle repérerait à cent mètres…

Subitement, je me dis que je ne vais pas y arriver, que je ne suis pas capable d'affronter tous ces inconnus qui cherchent une nouvelle cible sur laquelle cracher leur venin. J'ai le souffle court et me sens mal, la tête me tourne et mes mains deviennent moites. Dans le brouhaha, je reconnais le rire de Faustine.

– Calme-toi, murmure Antonin.

Je ne suis pas en mesure de lui répondre tant je me sens mal. J'ai la sensation que je vais tomber dans les pommes et ce serait pire encore, car je me dis que dans ce cas je serais pour toute une année *Cellequiesttombéedanslesvapesàlarentrée.* Parmi les visages qui m'entourent et qui se troublent, j'aperçois *Lamèche*, qui détourne le regard aussitôt que nos yeux se croisent.

– Respire, reprend Antonin.

– Hein ?

– Respire, ça va aller, poursuit-il.

– …

– Ferme les yeux et focalise ton attention sur tes poumons qui se gonflent et qui se vident.

Je décide de l'écouter. Quoi qu'il en soit, je n'ai pas d'autres solutions. Alors je m'exécute et suis ses instructions. Si on nous observe, on ne devinerait pas que je panique, juste que nous sommes en grande discussion. J'inspire profondément par le nez et souffle doucement par la bouche. Lentement, l'angoisse s'éloigne et je reprends le dessus. Je ne peux pas dire que je suis en grande forme, mais je me sens mieux. Prendre conscience que j'arrive à reprendre le dessus me rassure.

– Merci, Antonin… dis-je.

– Pas de quoi, il y a des tas de techniques. Si tu veux,

je t'expliquerai.

Je plonge mes yeux dans les siens. Je crois que c'est un vrai gentil dans le fond.

– Ça ne serait pas du luxe… je consens dans un timide sourire.

Une grosse voix scande mon nom et je dois le laisser pour rejoindre ma classe. D'un signe de tête, nous nous souhaitons mutuellement bon courage. Les mots ne sont pas nécessaires quand on est dans la même galère.

Au fil des noms égrenés, je réalise successivement que Lucas et Gaspard sont dans ma classe. Arrive aussi *Lamèche* qui part s'isoler dans un coin, suivie de près par Faustine et deux de ses copines. Elles gloussent et pouffent à tout-va. Un surveillant nous demande de nous rendre salle 302 où nous rejoindra notre professeur principal.

Je me laisse happer par le flot de mes semblables et avance avec autant d'entrain qu'un paresseux qui viendrait de terminer un marathon.

J'entre parmi les derniers dans cette salle insignifiante, et me dirige au troisième rang vers une place laissée libre. Une fille, à l'air normal, a posé son sac à dos à la place voisine de celle que je convoite : parfait ! Elle le reprend au dernier moment en acceptant la proposition d'une rousse qui lui propose de se joindre à elle. Je me retrouve donc seule contre une fenêtre, mais ça m'est tout à fait égal.

Je sors sans entrain ma trousse et mon agenda de mon sac à dos. Je souris tout de même en repensant à Antonin et au papier cadeau de Noël tout chiffonné. Même si cette journée est compliquée, j'ai sûrement gagné un allié. Une femme d'une quarantaine d'années se présente, elle se nomme Mme Legendre et nous enseignera l'anglais.

– M. Tournepiche sera votre professeur principal. Il a eu un souci de voiture et arrive dès que possible.

L'intégralité de la classe souffle bruyamment. Apparemment M. Tournepiche ne fait pas l'unanimité chez les élèves…

Je consulte la liste des profs et constate qu'il enseigne les maths.

– En attendant, je compte sur votre sérieux. Tâchez de bien démarrer l'année.

Mme Legendre note au tableau les références d'un exercice.

– Voici le polycopié que M. Tournepiche a souhaité que vous lisiez en attendant qu'il arrive.

Elle se met à scruter la classe, comme si elle cherchait quelqu'un. Je me fais toute petite et rentre ma tête dans mes épaules, quand elle pointe un doigt de ce côté de la classe.

– Vous !

Je fixe ma trousse comme s'il s'agissait de la plus belle œuvre d'art que la terre ait portée.

– Vous m'entendez ?

J'espère encore que ce n'est pas de moi qu'il s'agit, bien que ce ne soit pas très réaliste.

– Elle est sourde ? lance Mme Legendre, ce qui fait monter quelques rires dans l'assemblée.

Je ne peux plus continuer à l'ignorer et relève lentement la tête. Je tente d'avoir l'air le plus surpris possible.

– Ah ! Quand même ! Comment vous appelez-vous ?

Un court instant, j'ai envie de donner un faux nom et de prendre mes jambes à mon cou. Bien sûr, cela ne ferait qu'aggraver mon cas, même s'il est perdu d'avance.

– Clémence… Clémence Chapelier.

– Eh bien, Clémence, je vais vous demander de distribuer ces feuilles pendant que je file retrouver ma classe, reprend Mme Legendre.

Je me tiens à la frontière entre la terreur et la panique. Pourquoi faut-il que cela tombe sur moi ?!

Elle me jette un regard insistant et je me fais violence. Je me lève et m'efforce comme un peu plus tôt dans la cour de focaliser mon attention sur ma respiration et… ça marche ! En tout cas au début, c'est-à-dire au cours des quelques mètres qui me séparent de la table de la prof. Ensuite la technique d'Antonin fonctionne beaucoup moins bien, mais sans doute est-ce lié au fait que Faustine, pardon, *CettepestedeFaustine*, tend son pied en travers de ma route. Je vous laisse visualiser la suite : moi, les quatre fers en l'air dans la rangée, les feuilles de papier éparpillées çà et là.

Je distingue plusieurs clans dans la classe dès ce moment-là : ceux qui rient, ceux qui s'abstiennent et ceux qui se moquent ouvertement.

Soyons honnêtes, une chute fait souvent rire – et celle-ci, croyez-moi, valait le détour. Les gens vraiment sympas, gênés pour moi, capables de se dire qu'ils n'aimeraient pas subir de moqueries dans pareille situation, sourient tout au plus mais ne s'esclaffent pas.

Je suis encore allongée au sol, à moitié sonnée, ma tête ayant heurté en prime le pied d'une table, et j'entends des rires au-dessus de moi. La voix de Mme Legendre réclame le silence lorsque je vois deux jambes se diriger vers moi. Je retrouve mes esprits et prends conscience qu'elles appartiennent à Lucas. Sans croiser mon regard, il se met à ramasser les polycopiés.

– Eh bien ! s'exclame Mme Legendre.

Je me mets à quatre pattes et essaye de faire abstraction

des rires qui fusent encore. À mon tour, j'essaie de regrouper le maximum de feuilles. Je retiens mon souffle en attendant de voir ce que va dire la prof : si elle rigole et lance une plaisanterie, c'en est fini de moi…

– Vous allez bien, Clémence ?

Je suis surprise par la question.

– Euh… Oui, oui, dis-je en me relevant et posant le petit tas de feuilles sur une table. J'ai trébuché.

Elle hausse les sourcils et fusille Faustine du regard.

– On va dire ça…

Je jure fidélité à Mme Legendre pour toute l'année scolaire. Peut-être même pour toute ma scolarité. Elle n'est pas dupe et a dû capter le geste de *CettepestedeFaustine* ou tout du moins le soupçonner. Celle-ci ne rougit même pas et, en vraie professionnelle de l'embrouille, fait mine de se concentrer sur sa feuille. Lucas retourne à sa place, à côté de Gaspard.

Je distribue les documents et regagne ma chaise presque en souriant. Cette journée est vraiment mauvaise, il est clair qu'elle ne va entrer dans mon top cinquante mais, avec les mots de Mme Legendre et l'intervention de Lucas, le noir vire au gris. Foncé, mais gris quand même…

Et puis, alors que je commence à voir le pot de yaourt à la cerise à moitié plein, la porte s'ouvre avec fracas.

Mme Legendre sourit à l'inconnu qui entre et qui dépose un cartable en cuir usé sur le bureau dans un claquement sec. Alors que je fais tout pour positiver, voilà le voisin super bizarre qui s'invite dans ma classe et je me demande s'il n'y a pas une substance hallucinogène dans le pot de yaourt à moitié plein.

Je mets quelques secondes pour comprendre que je ne rêve pas : mon voisin, supposé criminel, se tient là, bien disposé à nous faire cours.

– Bonjour, Patrick, minaude la prof.

– Bonjour, Delphine.

– Vous voilà entre de bonnes mains, reprend Mme Legendre, je vous présente votre professeur de mathématiques, M. Tournepiche.

Elle s'éclipse ensuite pour regagner sa propre classe.

Sérieusement…

Quel est mon problème ?

Qu'est-ce que j'ai bien pu faire ?

Je n'ai jamais arraché la tête de mes petits poneys, je n'ai pas malmené d'animaux, je n'écrase même pas de mouches. Je prie pour que ce fou furieux ne me reconnaisse pas…

– Tiens ! dit-il de sa voix grave en posant les yeux sur moi. Vous, ici ?

Tous les regards se tournent vers moi.

C'est la cata.

Bilan du jeudi 3 septembre :

✓ ABSOLUMENT DRAMATIQUE

SKATE
Soda

Jeudi 10 septembre

Vous avez déjà eu envie d'avoir une gastro ? Moi oui. Ces jours-ci, je ferais même tout pour.

Depuis la rentrée, je cherche une façon d'esquiver le collège et, comme mon père est super malin, je ne peux pas espérer simuler. Du coup, je ne mange que des trucs périmés et implore tous les microbes de la Terre de me prendre pour cible. Autant vous dire que ça ne fonctionne pas du tout, du tout : je n'ai jamais été en meilleure forme… J'ai été tentée de ramasser un chewing-gum dans la rue, mais ai finalement renoncé : je veux être malade, mais pas mourir.

Au collège, c'est le calvaire. *CettepestedeFaustine* mène tout le monde à la baguette, même la plupart des enseignants. Il n'y a guère que la prof d'anglais, Mme Legendre qui semble insensible à son charme, et évidemment ce cinglé de M. Tournepiche, mais lui a l'air de n'aimer personne. Normal pour un psychopathe, vous me direz.

Je ne vois qu'une solution à mon problème : les cours par correspondance. J'ai évoqué ça lors du bilan d'hier soir avec Maman et elle n'a rien trouvé à redire à cette proposition. Qui ne dit mot consent, c'est bien ça ? Reste à convaincre Papa et, là, quelque chose me dit que ça va être une autre paire de manches.

Je n'ai pas cours cet après-midi, le prof d'histoire a eu une crise d'appendicite. Ce n'est pas de chance pour lui, mais moi, ça m'arrange beaucoup. Je fais de mon mieux pour subir cette matinée tranquillement, tout en essayant d'ignorer Faustine, pardon, *CettepestedeFaustine*. Malheureusement pour moi, il semble qu'elle ait capté que j'étais sensible au charme de Gaspard. Il est vraiment craquant dans son genre et je soupçonne cette chamelle de bien l'aimer aussi, alors, à la façon des teignes de son genre, elle a lancé la rumeur… Et avec style, s'il vous plaît, de multiples boulettes de papier volant à travers la classe. J'en ai intercepté une…

« Gaspard est trop sexy, je suis raide dingue de lui… Clémence la gourdasse »

Donc, c'est officiel, l'oscar de la peste de l'année est décerné à… suspense inexistant… Faustine ! Cette fille est bien pire que Félicie, et j'en viens à regretter mon ancienne meilleure ennemie.

Je comprends vite que la rumeur est parvenue jusqu'aux oreilles de l'intéressé, car il baisse les yeux au moment où je tourne la tête vers lui et, durant la récréation, il fait carrément marche arrière lorsque nous risquons de nous croiser à proximité des toilettes. Formidable.

Résignée, je me mets à la recherche d'un coin tranquille où m'isoler quelques minutes et ruminer en paix, quand j'aperçois Antonin. Il est adossé à un mur et observe la cour d'un air neutre. Sans plus réfléchir, je le rejoins et m'installe à quelques centimètres de lui. Il me regarde et lève le menton à mon intention, sa façon de me demander comment je me sens. Le moins qu'on puisse dire, c'est qu'Antonin ne m'abreuve pas de questions… Je hausse les épaules et soupire en guise de réponse. Il hoche enfin la tête en signe de compassion et se replonge dans son observation.

Un peu plus loin, j'aperçois Arthur. Il rit aux éclats, entouré d'une dizaine de sixièmes et… de quelques cinquièmes ? Non, mais, je rêve ? Mais… c'est qu'il y a même trois filles qui gloussent à ses blagues pas drôles ! Quel succès…

– T'as vu ça ?

Antonin sourit en levant un sourcil. Ce qui veut dire sans aucun doute dire oui.

– J'hallucine… Comment fait-il ?

Je n'attends pas réellement de réponse, mais, curieusement, Antonin se décide à parler.

– Il dégage de bonnes ondes.

Ce n'est pas une proposition, plutôt une affirmation.

– Tu crois ?

Formel, il hoche la tête.

– Moi, comme je parle peu, on ne me parle pas. Ça ne me dérange pas. Toi, comme tu as peur qu'il t'arrive les pires catastrophes, fatalement elles arrivent.

– …

– En ce qui concerne Arthur, comme il voit la vie du bon côté…

– Tout se passe bien pour lui, je complète dans un souffle.

Antonin m'adresse un petit sourire.

– La plupart du temps, oui…

La sonnerie nous rappelle à l'ordre et je laisse Antonin rejoindre sa classe. Je l'observe traverser la cour d'un air nonchalant. Il n'est pas délaissé mais solitaire, et il l'assume. Moi je ne le suis pas pour deux sous et je souffre vraiment du manque de compagnie, c'est aussi simple que ça.

Au moment où je prends la direction de mon bâtiment, j'entrevois *Lamèche*, elle s'arrête au niveau d'Antonin et lui tape dans la main. Dingue ! Ces deux-là se connaissent ?

☆☆☆☆

Une heure plus tard, c'est au pas de course que je quitte le collège. Pas question d'y passer une minute de plus et de risquer de croiser Faustine à la sortie. J'ai eu très chaud ce matin, la prof de français n'avait pas assez de livres et j'ai bien failli partager le mien avec cette teigne. Heureusement pour moi, elle s'est empressée de se tourner vers Gaspard. Honnêtement, je n'ai pas la moindre envie de partager quoi que ce soit avec elle. À moins que je n'attrape la peste bubonique un de ces jours.

Sinon, rien à signaler de réellement catastrophique, mis à part que cette peste a trouvé le moyen de pousser mon sac à dos du pied le temps que j'aille vider mon taille-crayon dans la corbeille à papier. Comme ça, juste pour le plaisir. Ne cherchons pas à comprendre.

Je vais profiter de mon après-midi pour rendre visite à Violette. Depuis la rentrée, je ne l'ai presque pas vue. Elle doit mourir d'envie d'avoir un bilan détaillé de la semaine. La pauvre, elle va être sacrément déçue… Je ne sais pas si elle s'imagine que je suis la star du collège ou le genre de fille qui devient déléguée, élue à l'unanimité.

Je passe par la maison et balance mon sac à dos dans l'entrée. Alors que le pavillon devrait être vide, je trouve la porte d'entrée déverrouillée. Un instant, j'ai peur que M. Tournepiche n'ait décidé de venir me découper sans plus attendre, mais je me rappelle que je l'ai vu entrer dans une salle de classe vingt minutes plus tôt avec des troisièmes.

Je passe la tête dans la cuisine et y découvre Lucile. Elle se tient la tête à deux mains, le nez au-dessus d'une tasse de thé fumante. En m'entendant entrer, elle lève les yeux, ils sont rouges et gonflés, et moi je me sens aussitôt mal à l'aise. Nous restons quelques secondes à nous dévisager sans rien dire. Je sais qu'il faudrait que je lui demande comment ça va, mais je ne le fais pas. Après tout, je ne lui dois rien. Après quelques secondes d'hésitation, je dépose mon sac près de la porte.

– Je vais chez Violette.

– D'accord, lâche-t-elle dans un murmure.

Je sais ce que vous vous dites… C'est vrai, ce n'est pas très sympa de ma part, mais ce n'est pas parce que nous partageons le même toit que je dois me soucier de ses problèmes, non ? Il me semble que j'en ai suffisamment, vous ne croyez pas ?

Je trépigne sur le paillasson de Violette. Elle a promis de préparer des calissons. Il paraît qu'elle a travaillé dans une confiserie à une période de sa vie. Étant donné sa production, je la crois sur parole !

Elle ouvre la porte, tout aussi réjouie que moi. Son tablier est immaculé, je ne sais pas comment elle se débrouille pour ne jamais se tacher, même quand elle fait des muffins à la myrtille. Elle a dû être aussi un peu magicienne à ses heures perdues.

– J'ai bien cru que tu me faisais la tête ! s'exclame-t-elle avant de foncer dans la cuisine.

Il faut dire qu'entre les devoirs et les cours, je n'ai pas eu beaucoup de temps. J'ai eu Max plusieurs fois au téléphone pour qu'il me rapporte les ragots de mon ancien collège, mais c'est à peu près tout.

Violette pose devant moi une assiette sur laquelle elle vient de disposer une vingtaine de calissons tout juste découpés.

– Mazette ! S'ils sont aussi bons qu'ils en ont l'air !

– J'espère qu'ils sont même meilleurs, déclare Violette en se parant d'un air suffisant avant d'éclater de rire.

Assise à la table de la cuisine, la bouche pleine, je lui raconte par le menu mes déboires, et lui explique à quel point je ne sens ni ce collège ni cette année scolaire.

Elle hausse les épaules en déglutissant.

– Ça va venir ma jolie… Ne te montre pas si impatiente.

– Si tu le dis, dis-je en haussant les épaules.

– Et tes enseignants ? C'est quand même le principal ! Tu y vas pour apprendre.

Mes professeurs ? Je suis sidérée, comment ai-je pu oublier de lui raconter ça !

– Bon sang ! C'est vrai que tu ne connais pas la meilleure ?!

– ...

– Le voisin !

– De quoi parles-tu ? demande Violette.

– Tu sais bien… Le cinglé, celui qui trimballe des cadavres dans son coffre !

– ...

– Tournepiche, il s'appelle ! Et manque de chance, c'est mon prof principal… Tu vois bien que ma vie tout entière tourne à la catastrophe.

Violette pose le calisson qu'elle portait à sa bouche. Elle est devenue toute blanche.

– Ça ne va pas ? dis-je, inquiète.

La vieille dame ne répond rien et s'affaisse contre le dossier de la chaise.

– Tu veux être gentille et m'apporter un verre d'eau.

Je m'exécute sans demander d'explications. Quelque chose cloche régulièrement sans que je comprenne quoi, mais Violette ne semble pas décidée à en parler. Je suis à peu près certaine qu'elle a aussi peur que moi de ce type.

Je lui parle ensuite de Faustine et de ses méchancetés, mais son esprit n'est plus avec moi.

– Tu m'écoutes ? dis-je en lui touchant le bras.

Elle lisse de ses doigts fripés le revers de son gilet beige et m'adresse enfin un sourire.

– Mais bien sûr, ma chérie, c'est très bien… balbutie-t-elle.

– Très bien ?

Son sourire s'efface aussi vite qu'il est apparu.

– Excuse-moi, Clémence, je me sens fatiguée.

– …

– Relativise, d'accord ? Tout ça ne me paraît pas si grave, ajoute-t-elle.

Je comprends le message et l'embrasse avant de partir. Je ne peux pas lui en vouloir, mais elle m'a tout de même un peu agacée. Si même Violette n'écoute pas mes plaintes d'une oreille attentive, qui va le faire ? Heureusement qu'il y a Maman… qui doit commencer à en avoir sérieusement assez, à force…

Je rentre à la maison en bougonnant.

Oui, peut-être que tout ça n'est pas si grave… Après tout,

Faustine ne m'a rien fait de si terrible aujourd'hui. Avec un peu de chance, elle va finir par jeter son dévolu sur un autre élève et m'oublier. Si elle se contente de petites mesquineries de temps à autre, je devrais survivre…

À mon retour, Lucile est encore dans la cuisine. Elle vide un sac de courses et range les provisions dans le réfrigérateur et les placards. J'entraperçois mes yaourts à la cerise, et cette fois c'est moi qui me sens vraiment mesquine en repensant à mon attitude de tout à l'heure.

Je décide de boucler rapidement mes devoirs pour avoir le temps de bouquiner avant le repas. Une fois à mon bureau, je sors mon agenda dans lequel je consigne le travail à faire pour le lendemain. Là, c'est le choc : chaque page est marquée d'un coup de ciseaux. Il est complètement inutilisable. Plus que tout le reste, j'imagine la tête que va faire Antonin en se rendant compte de l'état de son cadeau.

J'essaie de ne pas m'emporter et de réfléchir. Comment cela a-t-il pu arriver ? À quel moment ?

Je tente de me remémorer la matinée. Les cours, les uns après les autres. L'incident s'est forcément produit après que j'ai noté mes devoirs au début de la dernière heure, sans quoi je m'en serais forcément rendu compte. Je finis par comprendre, et revoir Faustine, non,

Cetteatroceetimmondeteignedefaustine pousser mon sac à dos du pied en ricanant. Encore un de ses sales coups, c'est signé.

En refoulant mes larmes, je fais mes exercices de français et révise mes leçons d'anglais. Je prétends ensuite un mal de ventre, bien réel cette fois, pour sauter le dîner et rester cloîtrée dans ma chambre.

Tard dans la nuit, alors que je n'arrive pas à trouver le sommeil, je me poste à la fenêtre. Je distingue encore une fois M. Tournepiche dans la pénombre. Il sort des choses de son coffre. Une fois de plus, son matériel fait des bruits lugubres en tombant sur la dalle de béton située devant son garage.

Cette fois, c'est décidé : je prendrai des cours par correspondance.

Bilan du jeudi 10 septembre :

PIRE QUE NUL

SKATE
Soda

Jeudi 17 septembre

Autant vous dire que rien ne va plus ici. Évidemment Papa n'a pas voulu entendre parler des cours par correspondance et c'est de pire en pire au collège.

Faustine est désormais à la tête d'un troupeau de dindes, qui gloussent sur commande et lui obéissent au doigt et à l'œil. Je passe donc mes journées à me demander ce que me réserve l'heure d'après. C'est qu'elle est vraiment douée dans son domaine. En plus, elle ne se fait jamais pincer et redouble d'inventivité. Le plus souvent je ne dis rien, et pour cause : je passerais pour une geignarde, ce qui n'améliorerait pas ma situation.

Je passe la plupart de mes journées et l'ensemble des récréations seule, mis à part quelques petits moments que je partage avec Antonin, c'est vous dire l'ambiance. Cette fois-ci, c'est officiel : je ne suis pas fréquentable. L'ensemble des garçons m'ignore, Lucas et Gaspard m'adressent de temps à autre un petit bonjour de loin et c'est à peine si j'ose le leur rendre pour ne pas les gêner. Max était peiné d'apprendre que j'avais tant de mal à me faire à mon nouveau collège. Et encore, je me suis abstenue de lui raconter les crasses de Faustine, sinon il aurait dépêché les secours.

Violette est vraiment étrange par moments et, lorsque je vais la voir, j'ai décidé de ne plus aborder mes problèmes d'école. Lucile n'est pas au mieux de sa forme. Il semble que certains lycéens soient très durs, enfin, d'après ce que j'ai pu capter des conversations. Elle regrette son ancien établissement, où les élèves étaient doux comme des agneaux.

Papa déguste pas mal aussi. Il a une très grosse charge de travail et passe la plupart de ses soirées dans son bureau, ce qui n'est vraiment pas très bon pour son humeur. Antonin, de son côté, continue ses activités bizarres et solitaires dans le secret de sa chambre. Seul Arthur a l'air plutôt bien dans ses baskets. Il vient d'être élu délégué. Oui, vous m'avez bien entendue. Je précise qu'il ne s'était pas présenté ! Horripilant, n'est-ce pas ?

☆☆☆☆

Papa nous dépose à quelques mètres de la grille du collège. Il m'embrasse, mais je le sens préoccupé. Tout ne se passe pas aussi bien qu'il l'avait espéré, il doit faire ses preuves à son nouveau poste.

Comme tous les jours, Arthur s'éloigne de nous en sautillant, accueilli par les hourras d'une foule en délire… Bon, OK, j'exagère un peu, mais tout semble si facile pour lui, alors qu'il est en sixième, vous vous rendez compte ? En sixième !

Antonin s'écarte à son tour et je le vois une fois de plus adresser un signe à *Lamèche*, qui s'appelle en réalité Margaux. Ma curiosité est mise à rude épreuve, mais mon colocataire parle si peu, et nous avons des rapports tellement neufs, que je me vois mal le questionner à ce sujet.

Quand je rentre dans la salle de classe, je sens tout de suite que quelque chose cloche. Ma place est occupée par Roxane, dinde de première catégorie et meilleure amie de Faustine. Bon, ce n'est pas complètement hallucinant, et pas comme si les places étaient attitrées à l'année, mais dans l'ensemble les élèves ont leurs petites habitudes.

Comme je ne tiens pas à faire d'histoire, et aussi parce que ce doit être précisément ce que Faustine souhaiterait, je ne fais aucune réflexion et me dirige vers une chaise laissée libre. Laura, une autre dinde – pas en voie d'extinction les dindes décidément – s'y assoit un quart de seconde avant moi. Je scrute la salle, il me reste deux possibilités : une place au tout premier rang ou bien une autre un peu plus en retrait, que je choisis bien sûr. Elle se situe juste devant Faustine, qui tire le pied de ma chaise au moment où je m'y installe, manquant de me faire basculer. Tellement prévisible…

Durant le cours, je ne me sens pas à l'aise de savoir Faustine à quelques centimètres derrière moi. Au moindre de mes mouvements, elle ricane et murmure des âneries à l'oreille de sa voisine qui rigolerait à n'importe quoi pourvu qu'elle ait le droit de rester dans son petit groupe. Je me demande quel est le problème de cette fille et de ses adjudants, mais je me retiens de leur poser la question. Je m'efforce de me concentrer sur le cours d'anglais pour oublier sa présence dans mon dos, et finalement ça fonctionne plutôt bien.

Et voilà comment les événements se produisent… Une boulette de papier arrive sur le bureau de Mme Legendre laquelle s'énerve instantanément, car elle n'accepte pas d'être chahutée. Elle scrute la salle de classe pour trouver qui a eu le culot de la viser, et finit par interpeller Jérémy qui porte un air coupable du soir au matin alors qu'il ne fait jamais rien. Presque en même temps, Laura fait tomber sa trousse et plusieurs personnes se baissent pour l'aider à regrouper ses stylos. Pile au même moment (avec du recul, belle synchronisation, il faut l'admettre) Roxane renverse sa pile de cahiers. Comme les autres élèves, je ne sais plus où donner de la tête. C'est le chahut le plus complet, tout le monde se met à bavasser, et Mme Legendre a du mal à rétablir un semblant d'ordre et un peu de silence.

Et puis paf. Ou plutôt couic. On ne peut pas dire que je sente quoi que ce soit, et c'est le regard horrifié que *Lamèche* pose sur moi qui valide que quelque chose de grave vient de se produire.

La sonnerie retentit, les élèves se lèvent d'un bond et détalent dans la cour. En fond, je perçois Mme Legendre qui tente de faire entendre qu'il nous faut revoir la leçon huit pour le prochain cours. La classe se vide. Je ne sais pas comment l'expliquer, mais je sens que quelque chose cloche. Faustine et sa troupe se sont étrangement éclipsées à la vitesse de la lumière, et je reste figée tandis que *Lamèche* fonce sur moi.

Une voix parvient jusqu'à mon cerveau, c'est celle très chaleureuse de Gaspard.

– Clémence ?

Je me retourne, et tente un sourire, mais son visage est décomposé. Il tend une main vers moi, je baisse la tête et retiens un cri. Gaspard tient trente centimètres de cheveux bruns. Il me faut plusieurs secondes pour comprendre que ce sont les miens.

– Je l'ai vue faire ! annonce Margaux-Lamèche.

Mes yeux passent de l'un à l'autre. À son bureau, Mme Legendre range ses classeurs.

Nous restons tous les trois sans savoir quoi dire. En ce qui me concerne, j'ai une furieuse envie de pleurer et de passer ma main dans mes cheveux en priant pour que tout ça ne soit qu'un épouvantable cauchemar. Je sais malheureusement au fond de moi que ce n'est pas le cas.

Margaux me touche le bras pour me réconforter. Je tends devant moi une main, Gaspard y dépose doucement mes cheveux.

– Je suis désolé, murmure-t-il avant d'hésiter un instant puis de filer dans le couloir.

Je ne lui en veux pas. Je ferais pareil à sa place.

– Qu'est-ce que vous faites encore là toutes les deux ? demande la prof.

Margaux m'incite du regard à tout dire, mais résignée, je baisse les yeux.

– J'ai fait tomber un crayon, madame Legendre. Mais c'est bon, je l'ai retrouvé.

Plutôt mourir que d'être au centre d'une affaire pareille.

Tout le collège serait au courant.

Margaux m'accompagne jusque dans la cour. Nous nous asseyons sur un banc à l'écart de la foule. Elle ne sait pas quoi dire, je n'ose pas parler. Nous ressemblons à ces oiseaux posés côte à côte sur les fils électriques.

La sonnerie qui annonce la fin de la pause retentit, mais je ne me lève pas. Mes cheveux serrés forts dans la main, je tourne la tête vers la grille.

– Tu vas faire quoi ?

Je plonge mes yeux dans les siens, ils sont gris bleu et réconfortants. Je suis sûre que nous pourrions être amies.

– Je ne sais pas trop, mais je m'en vais.

Elle me prend la main.

– C'est une très mauvaise idée, mais je viens avec toi.

C'est bras dessus bras dessous que nous franchissons la grille, certaines de nous faire arrêter par le surveillant, qui, par un miracle que je ne m'explique toujours pas, interpelle à la place un garçon qui lance son ballon de foot contre une porte vitrée.

Je rentre seule chaque jour. Là, c'est tout à fait différent, je sais que je n'en ai pas le droit et que tout ça risque de mal se terminer. Je veux dire, on sait bien qu'on finit presque toujours par se faire attraper, mais est-ce que j'ai réellement le choix ? Est-ce que je peux passer le reste de la journée dans le même endroit que cette folle furieuse d'apprentie coiffeuse ?

– Cette fille n'est vraiment pas nette, lance Margaux.

– …

– Je crois que tu aurais dû le dire à la prof, ajoute-t-elle.

– … Je n'avais pas de preuve, dis-je.

– Moi, dit-elle avec conviction et en s'arrêtant de marcher.

– …

– Moi : je l'ai vue !

Je sais qu'elle dit vrai, elle aurait bravé *Cetteimmonde-pestedeFaustine*, et rien que de le savoir me réchauffe le cœur.

– Je te dirais bien de venir chez moi, mais il y a ma mère. Elle va trouver bizarre que je sois sortie si tôt du collège…

Même chose pour moi, Lucile ne donne pas de cours cet après-midi et je ne peux pas prendre le risque de tomber sur elle. Encore moins sans avoir examiné mes cheveux…

Nous ne sommes plus très loin de notre rue et je sais bien sûr où nous allons nous réfugier.

– De la visite à cette heure ? s'exclame Violette en ouvrant sa porte.

– Ce n'était pas vraiment prévu au programme. Je n'ai pas

pu te prévenir de notre passage… dis-je en l'embrassant.

Elle fronce les sourcils en me détaillant, soupire et passe une main dans ma chevelure.

– Raconte-moi un peu tout ça…

Violette a un sixième sens, je ne vois pas comment il pourrait en être autrement.

☆☆☆☆

Trois heures plus tard, j'étreins Violette et salue gauchement Margaux sans oublier de la remercier encore une fois pour son soutien. Il est plus que temps pour moi de rentrer à la maison… Antonin regarde la télévision, tandis qu'Arthur est en grande discussion avec Lucile qui semble aller mieux et personne ne fait attention à moi.

Alors que je tente de monter à l'étage, mon père passe la porte d'entrée.

– Clémence ?

Comprenant au ton de sa voix que quelque chose d'inhabituel a lieu, les trois autres pivotent vers moi. Curieusement, c'est Antonin qui parle le premier :

– Plutôt sympa, lance-t-il avant de se retourner vers l'écran de télévision.

Papa, lui, ne sait pas quoi dire. Il m'observe comme s'il ne m'avait pas vue depuis des mois.

– Très joli, annonce Lucile. Vraiment, ça te va bien.

Arthur est plus pondéré.

– Quand même, ça te change ! On dirait que tu as trente ans !

– N'exagérons rien, mais oui, c'est vrai que ça te change.

Je repense avec un pincement au cœur à mes longs cheveux.

– Mais… interroge Papa.

– C'est Violette, dis-je avant qu'il ne pose LA question. Elle a été coiffeuse, il y a longtemps.

Et je repense à notre étonnement quand ma vieille amie a sorti d'une petite valise tout un nécessaire à coiffure, aussi ancien qu'adorable, tout en nous expliquant qu'elle avait déjà eu l'occasion de coiffer la reine d'Angleterre… Je suis certaine que c'est une question de jours pour qu'elle m'apprenne qu'elle a été agent secret.

– C'était une excellente idée, conclut Lucile en passant une main sur mon carré court.

– Quand même, ajoute Papa, tu aurais pu m'en parler.

Lucile lui coule un regard lourd de sens, et il se tait.

– Ça met en valeur ton visage.

Je ne sais pas si elle a raison mais, étant donné les dégâts, je n'ai pas eu un large choix de coupes.

☆☆☆☆

Au moment de me brosser les dents, je marque un temps d'arrêt devant mon reflet. Ma nouvelle image me plaît bien…

Ma petite Maman, je sais déjà que je n'aurai pas la force d'aller au collège le lendemain, mais le soutien de Margaux et Violette, ainsi que l'accueil chaleureux de ce changement par les membres de ma drôle de famille me mettent un peu de baume au cœur.

Bilan du jeudi 17 septembre :

✓ **AIGRE-DOUX**

SKATE
Soda

Vendredi 18 septembre

Grâce à Margaux mon plan est parfaitement au point. Elle a prévenu le collège de mon absence par mail puis porté au secrétariat un mot fait par Violette. Elle a été graphologue à un moment de sa vie… Il a cependant fallu que j'insiste pour qu'elle accepte d'apposer le gribouillis en bas de page et elle m'a fait promettre de retourner à l'école dès que possible. Pauvre Violette, qu'est-ce que je ne lui fais pas faire…

Toujours est-il que j'ai prétexté un cours qui démarrait plus tôt pour partir de la maison avant tout le monde et que maintenant qu'ils sont tous partis, je peux revenir et passer une journée tranquille, et surtout loin, très loin de *CetteignoblepestedeFaustine*.

Ça fait deux heures que je suis seule et je commence à m'ennuyer. Je me suis avancée dans mes devoirs, ai rangé mes livres, trié mes chaussettes et fais la poussière dans ma chambre…

Pour tuer le temps, et uniquement pour tuer le temps, une fois avalés deux tranches de jambon et trois yaourts à la cerise, je décide de faire un tour dans les chambres des garçons. J'ai du mal à entrer dans celle d'Arthur, tant c'est le chantier : ce n'est pas une surprise, il est tellement désordonné. Celle d'Antonin est absolument impeccable : rien ne dépasse des placards et ses bandes dessinées sont alignées à la perfection. Si j'étais inspecteur de police, je trouverais que c'est trop nickel pour être honnête.

Je regarde la rue de sa fenêtre et je vois la voiture de M. Tournepiche passer à faible allure devant la maison. Instinctivement, je me baisse pour être hors de vue. Je deviens parano… Je m'assois sur la chaise de bureau d'Antonin et me laisse tourner plusieurs fois. Au dernier tour, mes yeux se posent sur une barre qui dépasse du dessous de son lit. L'instant d'après, je suis à genoux en train de tirer sur une caisse bien cachée et pousse un cri de victoire. Elle contient un tapis de gym, des livres qui traitent d'arts martiaux et une carte de club. Je remets le tout à sa place en me jurant de faire toute la lumière sur les activités secrètes d'Antonin…

En attendant de rejoindre Margaux sur le chemin du retour pour paraître crédible, je regagne ma chambre prête à occuper le reste de la journée en alternant siestes et lectures, quand il me semble percevoir du bruit au rez-de-chaussée. Étant donné qu'il y a statistiquement peu de chances pour qu'Antonin et Arthur aient décidé de sécher le même jour que moi, et que Lucile et Papa sont au travail, c'est assez sereinement que je descends, prête à trouver un avis de passage d'un livreur collé sur la porte. Arrivée en bas des marches, je manque de m'évanouir : j'entraperçois une silhouette que je commence à bien connaître, et elle rôde autour de la maison sans sonner pour autant… M. Tournepiche.

Nous n'avons pas encore installé de rideaux et la maison est truffée de fenêtres. Je me retrouve coincée et très visible de là où je me trouve. Je décide alors de remonter au premier en quatrième vitesse pour observer le manège de mon étrange professeur. Je profite des volets laissés en pont dans la chambre d'Arthur pour suivre ses déplacements. On dirait qu'il cherche à entrer chez nous. Je commence à vraiment avoir peur. Il scrute quelques minutes les fenêtres et finit par toquer quelques coups à la porte d'entrée, ce qui achève de me faire frémir. Pas de cours de maths prévu ce jour avec lui, il ne peut donc pas être au courant de mon absence. Il finit par partir d'un pas plutôt tranquille et je cours vérifier de ma fenêtre qu'il rentre dans son garage.

Je me réveille en sursaut en fin d'après-midi : profondément endormie, j'ai totalement oublié le plan initial. Alors que je descends le plus rapidement possible pour sortir par le jardin, je tombe nez à nez avec Lucile, Antonin et Arthur.

– Déjà là ? s'étonne mon frère.

– Le prof nous a libérés plus tôt… Une histoire d'enfants malades à aller chercher.

Ça fonctionne toujours les enfants malades, non ?

J'ai comme la sensation que Lucile doute. Antonin ne se sent pas concerné par la discussion et file nourrir ses bestioles. Quant à Arthur, il décide de faire sa fête à un pot de pâte à tartiner.

– Il vous a laissés partir comme ça ? demande Lucile d'un ton aussi léger que si elle me demandait l'heure, alors que je sens poindre les problèmes.

Je soupire et hausse les épaules. Je ne peux pas l'affronter maintenant, d'autant que Margaux risque de débouler à tout instant avec une autre version…

– J'ai trouvé ça un peu léger aussi… dis-je d'un ton entendu.

J'enfile mes chaussures sans attendre de réponse.

– Je dois filer chez une copine, il me manque une feuille d'exercices.

L'info lui a coupé le sifflet. Le fait que j'ai enfin réussi à tisser des liens d'amitié laisse Lucile sans voix.

– Une… copine ?

Je hoche la tête en croisant fort les doigts dans mon dos pour que cela se produise vraiment.

– Oui, elle habite au bout de la rue.

Un franc sourire s'épanouit sur le visage de ma belle-mère et je sens quelques remords faire du trampoline sur mon estomac.

– C'est génial ! Il faudra qu'elle vienne déjeuner.

Au même moment, mon père franchit le seuil, une main posée sur l'épaule de *Lamèche*, pardon de Margaux.

– Regardez qui j'ai trouvé devant la porte et qui n'osait pas sonner.

Cette fois-ci, mon estomac fait des allers-retours entre ma gorge et mes intestins. Il me faut agir, et vite.

– Margaux ! Je disais justement à Lucile que j'avais oublié ma feuille d'exercices dans mon casier…

Elle percute aussitôt :

– Justement, j'ai dû les glisser dans mon cahier. Je te les rapportais…

J'ai envie de la prendre dans les bras tant je suis soulagée que nos mensonges s'accordent si bien. Soudain, Margaux tourne la tête vers le salon et découvre Antonin.

– Tiens !

Je comprends à son étonnement qu'elle n'était pas au courant qu'Antonin et moi étions plus ou moins de la même famille. Comment expliquer son ignorance aux parents sans mettre en péril mes propres mensonges ?

Antonin, tout aussi surpris, découvre à son tour Margaux. Il cherche à comprendre comment celle-ci est tout à coup apparue à notre entrée. Il a légèrement rougi mais, bien sûr, je ne relève pas.

– Vous venez dans ma chambre ? dis-je précipitamment en priant pour qu'Antonin obéisse sans objecter quoi que ce soit.

Margaux-Lamèche a compris le malaise et hoche plusieurs fois la tête en réajustant son sac sur son dos. Antonin se lève sans un mot et nous emboîte le pas sous le regard des adultes. Papa semble heureux, sans doute parce qu'il pense que des liens se créent entre Antonin et moi…

Une fois sur le palier, je tente un coup d'œil en bas et suis saisie par le regard suspicieux de Lucile. Je m'efforce de faire comme si de rien n'était et continue de progresser vers le deuxième étage.

Une fois dans ma chambre, je ne sais pas trop comment débrouiller la situation. Je n'ai pas du tout l'intention de révéler mes problèmes et le fait que j'ai séché à Antonin.

Je commence à l'apprécier (un peu), mais je me méfie encore de lui (beaucoup). Sérieusement, vous feriez confiance à quelqu'un qui élève des serpents ?

– Salut, lance Antonin désormais tout rouge.

– Salut, répond Margaux, un petit peu rouge aussi, à la réflexion.

Un lourd silence s'installe.

– Bon, Margaux, merci pour les devoirs déjà… Je ne sais pas si tu étais au courant, mais mon père est en couple avec la mère d'Antonin.

– Ah… bafouille-t-elle.

– Oui…

Elle lui tend une main.

– Moi, c'est Margaux.

– Antonin.

Mon regard passe de l'un à l'autre plusieurs fois.

– Mais… Je croyais que vous vous connaissiez ? dis-je, étonnée.

Ils se jettent à leur tour une succession de petits coups d'œil gênés. Margaux se décide après un long silence à prendre la parole.

– Ben, on se voit au Qi Gong… Mais on ne parle pas, là-bas…

Antonin acquiesce, écarlate cette fois.

– Le Qi quoi ? je demande.

– Gong. Qi Gong… explique Antonin.

– ...

– C'est une gymnastique traditionnelle chinoise et une science de la respiration, explique Antonin, comme s'il présentait un exposé à sa classe.

– OK… Donc vous faites une activité ensemble – d'ailleurs je n'étais même pas au courant pour ton Qi truc, Antonin – et vous ne connaissez même pas vos prénoms ?

– On est censés rester silencieux, explique Margaux.

Antonin croise les bras sur sa poitrine.

– Je ne savais pas que vous étiez amies, lance-t-il.

– C'est assez…

– ... récent, continue Margaux.

Je suis ravie qu'elle ne nie pas tout en bloc.

Apparemment, Antonin n'attend pas plus d'explications. Il pince les lèvres, hoche la tête puis se dirige lentement vers le couloir.

– Je dois aller nourrir mes serpents.

– Des serpents ? piaille Margaux.

Au ton de sa voix, c'est plus du ravissement que de la stupeur. Tout compte fait, je ne devrais peut-être pas trop miser sur notre future amitié.

Antonin hoche la tête et referme la porte derrière lui.

– Il a de vrais serpents ? reprend Margaux.

Je confirme et observe ses yeux s'ouvrir comme des soucoupes. Puis elle se ressaisit.

– Bon, il faut que je te dise un truc, Clémence.

Je comprends que ce qu'elle a à m'annoncer n'est pas une bonne nouvelle.

– Hum… J'ai un peu dérapé en donnant le mot d'absence.

– Comment ça, dérapé ?

Elle incline la tête et se mord la lèvre.

– Disons… que lorsque j'ai donné le mot disant que tu étais souffrante au secrétariat, je ne pensais pas qu'ils allaient me questionner.

– Et ?

– Eh bien, la conseillère d'éducation a voulu des détails.

– Et ?

– Et au lieu de dire que je ne savais pas exactement de quoi tu souffrais…

Je comprends à cet instant le sens de l'expression « tirer les vers du nez », car j'ai envie de la secouer pour que les mots sortent plus vite.

– …J'ai dit que tu avais contracté une septicémie, avoue-t-elle.

– …

Je comprends aussi à cet instant que mes ennuis ne

font que commencer et que, dans l'absolu, le mensonge ne mène jamais à de très bonnes choses.

– Une septicémie ? dis-je incrédule.

– Je sais… Ce n'est pas une super idée, hein ? reprend Margaux.

J'ouvre rapidement mon dictionnaire sur le mot en question.

– Hum… J'imagine que je vais difficilement pouvoir retourner au collège lundi après « une infection grave du sang qui peut être fatale ». Mais bon, on dira que tu as confondu avec une angine.

Margaux grimace et replace sa mèche de cheveux derrière son oreille comme trois milliards de fois par jour.

– C'est que… je me suis un peu emballée… dit Margaux en se dandinant.

Je n'ose pas lui demander plus de précisions, car je sens que je risque de m'évanouir. Elle se tortille avant de reprendre.

– C'est-à-dire que la conseillère d'éducation avait l'air tellement impressionnée qu'elle a voulu en savoir plus.

– …

– Du coup, je lui ai dit que c'était à cause d'une piqûre d'insecte.

– …

– Tu sais, il paraît que les insectes sont porteurs de plein de cochonneries, assure-t-elle.

Je sais qu'elle a voulu bien faire, mais… quand même !!!

– Tu sais Clémence, avec un peu de chance, ils ne te demanderont rien de plus.

Une septicémie ? J'ai quelques doutes… Je souffle bruyamment et me laisse tomber sur mon lit. Margaux s'assoit à côté de moi.

– Désolée, j'ai été nulle… Je ne tiens pas la pression…

– Laisse tomber. C'est déjà super sympa d'avoir accepté de porter ce mot d'excuse. De toute façon, c'était une mauvaise idée, j'aurais mieux fait d'aller en cours. Lundi, je vais encore plus stresser d'affronter *CetteinfâmepestedeFaustine*.

Et puis, je me dis qu'on verra bien à mon retour au collège, et qu'il ne sert à rien de stresser durant le week-end. Oui, je suis en train de m'envelopper douillettement dans cette idée, dans cette théorie de l'autruche quand j'entends la voix de Lucile jaillir dans la cage d'escalier.

– Je crois qu'on t'appelle, lance Margaux.

– Oui. Merci, Margaux, pour ce que tu as essayé de faire.

– Oh, de rien. Faut croire que je ne suis pas très douée pour ce genre de choses…

Elle consulte sa montre.

– Je dois rentrer chez moi.

Je compte la raccompagner mais, une fois en bas des marches, une vision apocalyptique me donne l'envie de prendre mes jambes à mon cou : M. Tournepiche se tient dans l'entrée et affiche un immense sourire.

Bilan du vendredi 18 septembre :

✓ AU SECOURS !!!

Samedi 19 septembre

Je n'ai pas fermé l'œil de la nuit.

Quel choc de voir Tournepiche chez moi ! Je ne m'en suis pas encore remise. En le voyant, Margaux a détalé comme un lapin. À peine si elle a dit au revoir aux parents.

Notre voisin se tenait entre Lucile et Papa, tout sourire. Ça a été terrible : j'ai compris tout de suite qu'il était au courant pour la septicémie des insectes, enfin vous me comprenez. Je l'ai senti : il savait. Et en plus il savait que je savais qu'il savait.

Au final, je n'y comprends rien, mais rien de rien. Rien du tout. Du tout. Car figurez-vous que M. Tournepiche n'a absolument rien dit de ma longue et gravissime maladie. Il s'est présenté comme notre voisin et mon professeur de maths et a discuté un moment avec mon père. Ils ont plaisanté en se disant qu'ils pourraient faire une réunion parents/profs autour d'un apéritif. Rien de plus. Enfin si, un détail. Il a demandé que je vienne l'aider chez lui, dans la journée. Il en profiterait pour m'expliquer ce problème que je n'avais apparemment pas entièrement compris. Tout ça est faux, je suis plutôt douée en maths. L'horreur, je vous dis, il va me découper en morceaux ! J'en mets ma tête à couper, ce qui sera déjà du temps de gagné !

En fin de matinée, je descends de ma chambre. J'espère qu'en me faisant discrète tout le monde oubliera la visite à notre charmant voisin. Celui-ci a d'ailleurs recommencé ses curieuses activités durant la nuit.

La matinée et le déjeuner se passent sans encombre, mais c'est sans compter Lucile qui me coince en début d'après-midi dans la cuisine :

– J'ai entraperçu Patrick à travers la haie, je lui ai promis que tu passerais d'ici une heure.

– Qui ça ?

– Eh bien, Patrick Tournepiche !

– Je comptais aller rendre visite à Violette…

– …

– Et puis, je n'en ai pas envie, il est très bizarre !

Le visage de Lucile se ferme tout à coup.

– Je ne comptais pas dire à ton père que tu n'es pas allée au collège. J'imagine que tu as une bonne raison d'avoir séché, et que cela a certainement un rapport avec ta nouvelle coupe de cheveux…

– …

– … mais je te demande de coopérer un minimum et de te rendre chez ton prof comme prévu.

– Mais…

– Tu verras, c'est quelqu'un de très gentil.

Je suis sidérée et machinalement me touche les cheveux. Elle est au courant de tout, ou en tout cas de pas mal de choses… Mais je suis surtout sidérée par le fait qu'elle ne m'a pas disputée ou dénoncée à Papa.

– Soit. Enfin, si je ne suis pas là dans une heure, prévenez la police.

Lucile soupire et croise les bras. J'ai beau prendre un temps infini pour enfiler mes chaussures, cinq minutes plus tard, je suis sur le bout de trottoir qui sépare nos maisons.

Je m'apprête à appuyer sur le bouton de la sonnette quand le portillon s'ouvre : il me guettait ! Je sens ma gorge se serrer, comment Lucile peut me forcer à aller chez ce fou furieux ?

– Bonjour Clémence, lance-t-il d'une fenêtre.

– Euh… M. Tournepiche…

– Je t'ouvre le garage. Un problème de serrure sur la porte d'entrée.

Le garage ? Je vis mes dernières minutes !

La porte métallique s'élève dans un couinement que je reconnaîtrais entre mille. Tout au fond de la grande pièce, la silhouette de mon prof apparaît. Comme d'habitude, il est tout de noir vêtu, des tatouages s'échappent de son tee-shirt.

Il a visiblement l'air réjoui.

– Je suis sincèrement content que tu sois venue.

Comme si j'en avais eu le choix, j'ai envie de dire.

– Ah… dis-je dans un souffle.

– Lucile m'a un peu parlé de tes difficultés à t'intégrer au collège…

L'information reste bloquée un moment au niveau de mes oreilles avant d'arriver à mon cerveau.

– Pardon ?

– Elle ne t'a rien dit ?

Soit je suis folle, soit il parle une langue inconnue. Je ne comprends pas un traître mot de ce qu'il baragouine.

– Lucile. Nous sommes collègues. J'ai un poste secondaire dans un lycée où elle donne des cours, annonce M. Tournepiche.

– …

– Fatalement, nous en sommes venus à parler de vous trois. Il semble que tout roule pour ton petit frère, qu'Antonin tienne à peu près le choc, mais Lucile semble s'inquiéter beaucoup pour toi. Et j'avoue que depuis cette histoire de septicémie…

Je sens chaque cellule de mon corps virer au rouge sang.

– Ah… Vous êtes au courant ?

Un Tournepiche beaucoup moins menaçant que dans mes souvenirs éclate de rire.

– On en a eu des bobards, mais des comme celui-là…

Rien ne se passe comme prévu. Cette rencontre est bizarre, mais pas dans le sens que je craignais. Il semblerait que je puisse repartir avec ma tête sur les épaules.

– Je sais comme il est difficile d'arriver dans un nouvel établissement. Même en tant qu'enseignant, crois-moi : Lucile en sait d'ailleurs quelque chose.

– ...

– Elle pense que tu manques de distractions et d'occupations, ajoute-t-il.

– D'occupations ?

– Tu ne souhaites pas pratiquer d'activités extrascolaires ?

Je me revois opposer un refus à chaque proposition de mon père ou de Lucile.

Judo ? Non.

Athlétisme ? Non.

Tennis ? Terminé…

– Je lui ai donc proposé de t'initier à la batterie, lance-t-il.

– Hein ?

Patrick Tournepiche n'est peut-être pas un criminel, mais il n'a pas toute sa tête pour autant.

– Je t'assure, c'est un excellent défouloir.

– La… batterie ?

Il se dirige vers un coin du garage, tire sur un grand drap et dévoile une batterie rutilante. Il se frotte soudain le menton.

– Oh… J'ai dû laisser les cymbales à l'intérieur.

Il se dirige vers sa voiture et en ouvre le coffre. Une batterie ? Pas de cadavres ? Une sangle et deux chaînes tombent au sol.

– Je ne fais que la démonter et la remonter : je joue dans un groupe de rock.

Ce que je peux me sentir idiote.

– Si tu pouvais éviter d'ébruiter ça au collège… ajoute-t-il avec un petit sourire.

– Oh… bien sûr… dis-je doucement.

En même temps, comme je ne parle à personne, ça ne devrait pas être difficile.

– Je donne aussi des cours. Ça te tente d'essayer ?

Honnêtement, j'hésite.

La batterie ? Ça peut paraître assez cool d'une certaine manière, mais si je devais choisir un instrument de musique, je crois que je pencherais pour la guitare ou le piano.

M. Tournepiche ajuste les cymbales et se retourne ensuite, une paire de baguettes à la main.

– Juste un cours. Ça ne se refuse pas.

– Ben…

– Sinon, je retire dix points d'office à ton prochain contrôle !

– Vous n'avez pas le droit !

Il se remet à rire devant mon air scandalisé.

– Non, mais je vais me vexer.

Je souffle un grand coup et m'assois sur le tabouret installé derrière la batterie. M. Tournepiche passe un temps infini à m'indiquer comment me positionner, comment bien placer mes mains, comment frapper les différents éléments de l'instrument. Il est extrêmement patient, alterne les moments de démonstration avec ceux où il m'apprend… et c'est… la révélation ! J'adore. Je m'amuse. Je m'éclate : C'est tout simplement GÉNIAL !!!

Une heure plus tard, je repose les baguettes, épuisée et heureuse. Je réalise qu'un grand sourire ne quitte pas mon visage et que je me sens légère. J'en oublie presque

que je ne suis pas seule et c'est la voix de mon prof qui me refait toucher terre.

– Alors ?

J'ai envie de sauter en l'air, de le supplier de me donner des cours tous les jours, quitte à tondre sa pelouse ou nettoyer sa voiture crasseuse à vie ! Je modère ma réponse.

– Assez cool.

Il sourit. Pas dupe.

– Si jamais ça te dit…

– Oui !!!

Il me tend une main que je claque.

– Marché conclu. Mais plus de septicémie, OK ?

Cette fois, c'est moi qui éclate de rire. Il ne sait pas exactement ce qui s'est passé au collège, juste que je ne veux plus y aller. Je suis soulagée, car je ne veux pas passer pour une cafteuse et dénoncer Faustine. Je comprends aussi que, la veille, il a fureté autour de la maison pour essayer de m'y trouver.

– Promis, dis-je.

– Rendez-vous mercredi à dix-huit heures, alors.

– Parfait !

Je m'apprête à partir et me retourne.

– Merci, M. Tournepiche…

– De rien. C'est un plaisir de partager ma passion…

J'aurais tant voulu devenir professionnel.

Je perçois une pointe de tristesse dans sa voix.

– Clémence ?

– Oui ?

– Lucile t'aime beaucoup, tu sais…

Jusque-là, je m'en doutais. Cette fois, j'en ai une preuve et ma gorge se noue. Depuis le début de notre relation, je ne suis pas indulgente avec elle.

– Pour ce qui est du collège, la fuite n'est jamais une solution, ajoute-t-il.

– …

– Sympa, ta coupe de cheveux, au fait.

Nom d'un caniche, est-ce qu'il sait aussi pour ça ?

Finalement, la liste de mes alliés s'allonge ces temps-ci, et ça fait du bien.

Bilan du samedi 19 septembre :

ROCK' N' ROLL !

SKATE
Soda

Dimanche 20 septembre

J'appréhende mon retour au collège : je vais devoir retourner au collège maintenant que M. Tournepiche sait que ma septicémie est bidon. Je suis toutefois de bonne humeur, consciente que c'est un peu grâce à Lucile.

Comme elle sait que je préfère petit déjeuner seule, elle se lève de table lorsque j'entre dans la cuisine. Je décide qu'il est temps de prendre sur moi :

– Reste Lucile, tu n'as pas fini ton jus d'orange.

Elle me regarde comme :

○ si une corne s'était mise à pousser sur mon front ;

○ si je venais de lui annoncer mon départ au fin fond de l'Amazonie ;

○ si je lui proposais un piercing au nombril avec une fourchette.

– Sûre ? hasarde Lucile.

Je vérifie machinalement quand même que je ne me transforme ni en licorne ou en rhinocéros et hoche la tête pour confirmer ma proposition.

Elle se rassoit sur sa chaise et restons aussi gênées l'une que l'autre quelques secondes.

– Très cool, la batterie, dis-je entre deux gorgées de jus d'orange.

Elle sourit, le nez au fond de son verre.

– Ah oui ?

– Oui. Je revois M. Tournepiche mercredi pour le deuxième cours.

Cette fois, elle relève la tête. Je peux voir ses molaires tant elle ouvre grand la bouche.

– Je ne dis pas que je vais en faire toute l'année, mais je vais essayer plusieurs cours…

– Bien sûr… commente Lucile.

Durant le reste du petit déjeuner, nous échangeons des banalités. L'une et l'autre avons conscience que c'est un déjà beau progrès.

☆☆☆☆

Je décide de profiter de la fin de matinée pour rendre visite à Violette et lui faire part des derniers événements.

Anxieuse, elle me demande comment s'est passée ma journée de « sèche » et me fait promettre de ne plus recommencer.

– Quels que soient tes problèmes, la fuite n'est jamais une solution.

Je souris. La veille, mon prof de maths m'a donné le même conseil. À croire qu'ils se sont donné le mot, même si ça paraît évident. Facile à dire, pas à appliquer, mais évident.

– Tu ne devineras jamais ce que j'ai fait hier ? dis-je avec un sourire énigmatique.

– Un indice ? s'amuse Violette.

– Quelque chose d'extraordinaire !

– Un saut à l'élastique ? Du dressage de lions ?

J'éclate de rire.

– Mieux ! J'ai pris un cours de batterie.

Elle a l'air sincèrement surprise.

– C'est un peu moins fun que le dressage de fauves, mais je me suis vraiment éclatée !

– Ah…

– À ce propos, notre voisin n'est pas un fou furieux tueur en série : il transporte simplement sa batterie plusieurs soirs par semaine. Figure-toi qu'en plus d'être prof il joue dans un groupe !

Cette fois, elle ne répond pas et ses yeux se voilent. Par le passé, j'ai eu du mal à comprendre ses réactions, cette fois encore plus que les autres. Une larme roule soudain sur sa joue.

– Violette ! Tu vas finir par m'expliquer ? dis-je en posant une main sur son bras.

Elle sort un mouchoir en tissu de son tablier, et se tamponne les yeux.

– C'est trop compliqué, tu ne comprendrais pas… Et puis, il est trop tard maintenant.

Elle a l'air vraiment bouleversée et je me sens bête d'être la cause de cette réaction. Enfin, je ne suis pas sûre mais, a priori, c'est le cas, non ?

– Dis-moi ce qui te met dans cet état, Violette… Je m'en veux.

Je caresse sa main. Elle est douce et fripée, parsemée de petites taches.

– Tournepiche… murmure-t-elle.

J'en étais sûre, il lui a fait du mal. Peut-être a-t-il pris sur lui durant tout le cours, et qu'en réalité c'est bien un fou furieux…

– Oui ?

– C'est mon fils, avoue-t-elle.

Alors celle-là, elle n'est pas mal.

Apprendre que Violette planquait un troupeau de lamas dans son garage, ou qu'elle avait été cosmonaute durant une de ses précédentes vies ne m'aurait pas choqué outre mesure, mais ça !

– Ton… fils ?

Elle ne parvient pas à répondre. Je la sens prête à éclater en sanglots.

– Prends le temps qu'il te faut. Mais je veux que tu me racontes tout ! Pourquoi tu n'en as jamais parlé ?

– …

– Tu m'as dit que tu n'avais pas d'enfants ! dis-je un chouïa indignée.

Elle réfléchit un moment avant de se lancer.

– Nous ne nous sommes pas parlé depuis tant de temps que ça ne compte plus, lâche-t-elle d'une voix fatiguée.

– Ça ne compte plus ? Et tu te mets dans des états pas possibles…

– …

– Tu aurais pu me dire qu'il n'avait rien d'un tueur !

Je repense à son refus d'aller au parc.

– Il y est souvent, explique-t-elle.

La vieille dame baisse la tête comme une petite fille qui se serait fait gronder.

– Excuse-moi, Violette, mais avoue que c'est

incompréhensible !

Alors, Violette se met à me raconter l'histoire la plus bizarre de sa vie. Parce qu'elle a beau avoir cumulé plus de souvenirs que je n'arriverais jamais à mémoriser, celui-là me sidère plus que tous les autres.

– Vous êtes fâchés depuis quinze ans… parce qu'il voulait devenir musicien professionnel ? dis-je stupéfaite.

– Oui, souffle Violette.

– Tu me fais marcher ?

Mon amie ose enfin me regarder à nouveau dans les yeux.

– C'est pourtant vrai.

– J'hallucine, Violette ! Toi qui as fait des choses aussi étonnantes et variées toute ta vie, tu n'as pas encouragé ton fils à réaliser son rêve ?

– …

– Tu sais qu'il est super fort ? dis-je en le pensant sincèrement.

– …

– Hier, il m'a effectivement dit qu'il aurait voulu être batteur professionnel…

À ces mots, Violette se remet à sangloter.

– Je ne voulais pas te faire plus de peine, je suis désolée.

Elle se mouche bruyamment – elle a dû être trompettiste

à un moment – et reprend la parole.

– J'ai cumulé tellement de petits boulots, occupé tant d'emplois qui me permettaient de gagner si peu… Oui, avec du recul, j'ai eu une vie trépidante, mais pour lui je voulais la sécurité. Je voulais qu'il ait un travail stable.

C'est difficile à comprendre, mais je saisis globalement l'idée. Elle a voulu protéger son fils, s'assurer qu'il ne manquerait de rien.

– Mais… ça valait le coup de se fâcher ?

Violette m'adresse un timide sourire.

– Je peux être très têtue quelquefois. Crois-moi sur parole, lui aussi, assure-t-elle.

– Les chiens ne font pas des chats.

– J'en ai bien l'impression, souffle Violette. Par le passé, nous avons déjà essayé de revenir l'un vers l'autre, mais jamais aux bons moments, jamais simultanément.

– Quel gâchis !

Elle sursaute et plonge ses yeux dans les miens.

– C'est toi qui dis ça ? Toi qui t'appliques à être désagréable avec ta belle-mère alors qu'elle fait pas mal d'efforts ?

Échec et mat. Hum…

– Très bien. J'annonce solennellement être décidée à enterrer la hache de guerre avec Lucile.

Ma réponse la laisse bouche bée.

– Eh oui… Il n'y a que les imbéciles qui ne changent pas d'avis, dis-je en lui adressant un clin d'œil et en me levant aussitôt pour partir.

☆☆☆☆

Au cours du déjeuner, je repense à tout ça. Lorsque Papa me demande dans quelles contrées lointaines je voyage, je m'efforce de répondre gentiment. Je questionne ensuite Lucile sur son travail, ce qui provoque un énorme silence : mes quatre colocataires sont stupéfaits.

– Ben quoi ? dis-je avec mon sourire le plus innocent.

– Oh ! Mais rien, se dépêche de répondre Papa. Oui, Lucile, dis-nous comment s'est passée ta semaine ?

Lucile rosit et nous raconte par le menu les dernières inventions des lycéens pour la tester, et quelques anecdotes concernant un collègue plutôt farfelu qui écrit avec une plume d'oie.

Je ne peux nier que l'ambiance est meilleure quand je fais un minimum d'efforts.

Plus tard dans la journée je décide de trouver un prétexte pour rendre visite à *Lamèche*, enfin Margaux. À peine suis-je sur le trottoir que je devine sa silhouette au bout de la rue. Nous nous dirigeons l'une vers l'autre, un peu gênées.

– Je suis partie comme une voleuse quand j'ai vu M. Tournepiche chez toi. Il a tout balancé ?

Je souris. Elle s'est inquiétée pour moi. Youpi !

– C'est plus compliqué que ça, mais finalement tout s'arrange plutôt bien.

– Tu reviens demain alors ? demande-t-elle.

Je soupire et m'assois sur un muret. Margaux m'imite.

– Avant de connaître ton prénom, je t'appelais *Lamèche*.

Margaux replace sa mèche derrière son oreille et lève un sourcil.

– Moi je t'appelais *Miss Grognon*, alors j'imagine qu'on est à égalité.

Je fais semblant de m'indigner.

– Note que j'aurais pu t'appeler *Miss Crotte de chien* ! dit-elle en fronçant les narines.

Nous éclatons de rire et je lui tends une main qu'elle serre avec beaucoup de sérieux.

– Quitte ?

– Quitte !

Tout à coup, elle blêmit et baisse la tête.

– Qu'est-ce qui t'arrive ?

– Lucas et Gaspard viennent dans notre direction,

annonce-t-elle à voix basse.

Mon ventre se serre. Je me passerais bien de cette rencontre et croise les doigts pour que les garçons filent devant nous sans s'arrêter, mais évidemment je les entends sauter de leurs skates.

– Salut, dit Lucas.

Nous lui répondons de la façon la plus détachée possible. J'évite le regard de Gaspard, le revoyant quelques jours plus tôt mes cheveux dans la main.

– Ça te va bien cette coupe ! lance Lucas, toujours plus bavard que son copain.

Je ne sais pas si Gaspard lui a raconté l'épisode et si l'anecdote a fait le tour de la classe. Margaux étant aussi solitaire que moi, elle n'est pas dans les confidences des autres élèves.

– Très joli, ajoute Gaspard.

Mon estomac fait deux rondades. Le silence qui s'installe me permet de comprendre qu'ils ont parlé ensemble de l'incident.

– Faut pas te laisser faire, ajoute Gaspard.

– Si tu ne viens pas, tu donnes raison à Faustine, insiste Lucas.

– Tu sais, elle a une petite cour simplement parce qu'elle intimide les autres filles…

Je suis sciée. Déjà car je suis heureuse d'apprendre que les garçons n'apprécient pas Faustine, ensuite parce qu'ils semblent ne rien avoir contre moi.

J'observe leurs skates et je repense au mien qui croupit dans un carton depuis que je n'en fais plus avec Max. Mon meilleur ami me manque soudain terriblement. Lucas suit mon regard et remarque le bout usé de mes Converses.

– T'en fais, pas vrai ?

Je souris. Ils sont plus malins que je ne le pense.

– Je n'en ai pas fait depuis le mois de juin, enfin presque pas.

– Tu m'apprendrais ? demande Margaux, subitement intéressée.

J'hésite à répondre en présence des garçons.

– Je ne suis pas super douée, tu sais…

C'est faux. Je me débrouille plutôt bien, même si je dois désormais être rouillée.

– Je parie que tu ne sais pas où se trouve le skate-park ? lance Lucas.

Faux également, j'y suis déjà allée plusieurs fois, me contentant de regarder de loin les prouesses des autres, bien incapable de me joindre à des inconnus.

– On vous y emmène ? propose Gaspard.

Cinq minutes plus tard, dans notre garage, je fouille

dans les cartons. Après plusieurs minutes, je tombe sur mes planches en poussant un cri de victoire. Lucile passe la tête par l'escalier.

– C'est quoi le programme ?

– Skate-park ! dis-je en brandissant mes trouvailles.

Elle sourit.

– Amuse-toi bien ! Car demain, retour au collège, n'est-ce pas ?

Je lui adresse un clin d'œil et lève le pouce en l'air.

Elle pose un index sur ses lèvres.

Lucile ne trahira pas notre secret et je tiendrai ma promesse.

Je regarde le plafond, et souris à Maman.

Bilan du dimanche 20 septembre :

☑ PLUTÔT COOL !

Lundi 21 septembre

J'ai les yeux grands ouverts depuis deux heures quand mon réveil sonne.

Je ne veux pas y aller, mais je dois y aller.

Je ne peux pas du tout du tout y aller, mais je vais y aller quand même.

Oui, même si mes intestins font des pirouettes et si je pense avoir perdu l'appétit pour le reste de ma vie, il faut que je me sorte du lit et que je me traîne jusqu'au collège.

– Debout là-dedans !

Lucile surgit dans la chambre et ouvre les volets. Elle vient voir si je tiens ma promesse et, pour tout ce qu'elle essaie de faire pour moi, je lui dois bien ça. Je me redresse, bascule mes jambes sur le bord du lit en protestant vaguement.

– Tu pourrais frapper quand même.

Je ne vais pas me laisser faire sans rien dire du jour au lendemain, non, mais.

– C'est vrai, désolée, admet-elle.

Lucile tente de paraître indifférente, mais son regard fouille mes yeux. Je hoche rapidement la tête pour lui faire comprendre que ça va aller, même si je suis sûre du contraire. À moins qu'il ne soit arrivé quelque chose à Faustine qui l'empêche de se rendre au collège, cette journée va être un cauchemar. Depuis la semaine dernière, j'essaie de lui envoyer un tas de mauvais sorts, mais je doute que ça ait fonctionné.

Dans la cuisine, je bois avec difficulté un verre de jus d'orange. Impossible d'ingurgiter du solide.

– Tu veux me parler de quelque chose ? tente Lucile quand nous sommes seules.

Je ne peux pas avouer ce que Faustine m'a fait. Lucile irait forcément le répéter à M. Tournepiche, je passerais pour une balance, et ça, il n'en est pas question. En plus de Violette, Maman est au courant. Elle compte comme une adulte, non ?

☆☆☆☆

J'ai donné rendez à vous à Margaux au coin de la rue. Désormais, nous nous rendrons ensemble au collège.

En passant la grille, je baisse la tête. Vu les regards que me coulent la plupart des élèves, l'histoire de la coupe de cheveux sauvage a fait le tour de la cour. Une fille me sourit et chuchote à mon passage que ma nouvelle coiffure me va bien. Mis à part ça, la plupart des autres filles restent silencieuses et se mettent finalement à rire quand *CetteinsupportablehyènedeFaustine* apparaît dans le périmètre. Ces moutons doivent craindre de subir le même sort si elles désavouent leur chef.

Faustine fonce droit sur moi alors que nous attendons dans le couloir l'arrivée de Papillon, le professeur de musique, ainsi surnommé à cause du nœud qu'il porte trois cent soixante-cinq jours sur trois cent soixante-cinq.

– On a décidé de changer de look ?

J'aimerais tellement lui répondre un truc cinglant, résister, lui montrer que je ne suis pas un pantin avec lequel elle peut s'amuser… Impossible. Toutes les forces m'abandonnent. Margaux reste plantée à côté de moi pour m'assurer de son soutien.

– Alors ? insiste Faustine.

Que répondre…

– Oui… dis-je dans un murmure.

Je voulais pourtant l'ignorer, mais c'est sorti tout seul. Faustine ne doit pas être plus grande que moi, mais elle se tient bien droite tandis que je me ratatine à mesure qu'elle me toise.

– Vous avez entendu ? lance-t-elle, notre Clémence a décidé d'abandonner ses longues boucles... Dommage, ça t'allait si bien.

Les autres hésitent un instant, puis finissent par se mettre à glousser. Cette peste me jette un dernier regard condescendant, tourne les talons et entre à la suite de Papillon.

Je suis dévastée et fascinée. Comment est-il possible de concentrer autant de méchanceté dans une même personne ?

☆☆☆☆

Faustine décide de m'oublier le reste de la journée. Elle profite du déjeuner pour se moquer d'une fille en surpoids qui a osé demander un peu plus de pommes de terre au self... J'éprouve un drôle de sentiment, soulagée qu'elle s'en prenne à d'autres et coupable de ressentir une pareille chose. Margaux, qui mange en silence en face de moi, fait la moue, elle a saisi mon malaise et le partage.

Alors que nous quittons le collège, je respire un grand coup : cette journée aurait pu être pire. Lucas et Gaspard passent devant nous en courant, jettent leurs skates au sol et nous saluent.

— On se retrouve au skate-park ? propose Gaspard.

Je souris, nous avons passé un très chouette moment la veille. Margaux grimace :

– J'ai trop mal aux fesses, je retente demain !

Ils éclatent de rire :

– Tu ne débrouilles pas si mal pour une débutante, certifie Lucas.

– Prenez des forces, mais on compte sur vous demain soir, ajoute Gaspard.

– Promis, répond Margaux.

– Promis Clémence ? insiste Gaspard en me regardant dans les yeux.

Mon ventre se tord de bonheur et de stress.

– Promis.

La seconde d'après, ils ont disparu au bout de la rue.

J'ai des papillons au creux de l'estomac. Je voudrais que cette minute ne se termine jamais. Margaux me donne un coup de coude.

– Dis donc, il t'aime bien !

Nous nous mettons à ricaner comme deux bécasses et je me dis qu'avoir treize ans ce n'est pas que pourri.

– Alors les nullasses !

Cette voix… Je n'ose même pas me retourner.

– Oh ! Je te parle ! piaille Faustine.

Je me mets à avancer, je vais l'ignorer. Margaux se remet

à marcher, elle aussi. Je sens soudain une main sur mon épaule, elle tire sur l'anse de mon sac à dos. Je ne peux plus faire comme si elle n'existait pas. Je pivote lentement et me trouve nez à nez avec *Cetteinfâmeetodieusemoruede Faustine*. Un cauchemar.

– Laisse-moi.

Elle m'adresse le sourire le plus faux que l'humanité ait jamais porté, et tire un peu plus fort sur mon sac à dos.

– Dis donc… Tu allais partir ! C'est très malpoli !

– Je n'ai rien à te dire.

Mon cœur s'accélère.

– Fiche-lui la paix, tonne Margaux.

Faustine se tourne vers elle, surprise.

– Quelqu'un parle ? Il m'a semblé entendre un couinement ?

Elle regarde ses copines, qui se mettent à rire. C'est parti… Et puis, alors que je ne m'y attends pas du tout, elle tire un coup sec sur mon sac de sport qui, posé sur une seule de mes épaules, tombe au sol. Aussitôt, elle y donne un coup de pied pour l'éloigner de moi.

– Ouvrez-moi ça, dit-elle à ses lieutenants.

Roxane s'exécute.

– Rien de terrible, annonce-t-elle en fouillant dans mes affaires.

Je fais un pas vers mon sac, mais Faustine est plus rapide. Elle y plonge la main et en ressort mes affaires de gym.

– Voilà qui est intéressant !

– Arrête !

J'ai crié beaucoup plus fort que je ne l'aurais voulu, mais personne ne bouge. Nous sommes suffisamment à distance de la grille pour que les surveillants ne puissent pas nous voir. Faustine tord sa bouche en une grimace où se concentre toute sa méchanceté.

– Mais c'est qu'elle se rebellerait, notre Clémence, rit Faustine.

– Rends-moi ça !

Brouhaha autour de nous : j'ai osé braver la reine de la cour.

– Tu le prends comme ça ? répond-elle du tac au tac.

Elle se fige et un immense sourire vient s'étaler sur son beau visage. Je la vois qui regarde le sol et ne comprends pas assez rapidement ce qu'elle s'apprête à faire.

– Tu veux tes baskets ?

– Oui, dis-je en tendant la main.

– Eh bien… va les chercher !

Elle fait un pas de côté et les glisse dans la bouche d'égout. Je suis tellement surprise que je ne parviens pas à bouger.

Aussitôt, et comme si elle n'avait rien fait de particulier, elle se recoiffe et s'en va, laissant mes vêtements de sport par terre à côté de mon sac.

– Venez les filles, ordonne Faustine.

Les cinq dindes composant sa garde rapprochée paraissent choquées. Elles lui emboîtent pourtant le pas sans oser me regarder. Je n'ai plus qu'à ramasser et fermer mon sac laissé grand ouvert sur le sol, ravaler mes larmes et me blottir dans les bras que Margaux me tend.

– Tu sais… tout se paye un jour, murmure-t-elle à mon oreille.

Je le sais, enfin je l'espère. En tout cas, c'est ce qu'on est censés dire aux personnes tristes et victimes d'injustices. Mais au final, je n'en suis pas sûre du tout…

Une autre main se pose sur mon épaule. Je sursaute et me détends quand je comprends qu'il s'agit de celle d'Antonin qui a vraisemblablement assisté à une partie de la scène.

– L'agenda que je t'ai offert, tu ne l'as pas perdu en fait ? demande-t-il.

Sa question n'en est pas réellement une.

– Faut pas te laisser faire, Clem, déclare-t-il.

C'est la première fois qu'il m'appelle par mon diminutif. Ça me fait bizarre et plaisir à la fois.

– Et puis, ne te retiens pas… Si tu as besoin de pleurer, pleure, déclare-t-il sobrement.

Margaux hoche la tête.

– Je crois qu'il est grand temps de t'initier au Qi Gong, poursuit mon amie.

Il saisit mon sac à dos et, d'un signe de la tête, nous invite à le suivre. Je n'ai pas la force de refuser quoi que ce soit à deux personnes qui me veulent du bien. Un instant plus tard, nous sommes dans le parc situé près chez nous, dans un coin à l'abri des regards.

– Fais comme nous. Voilà, essaie de placer tes pieds comme ça, explique Antonin.

Je le vois positionner ses jambes précisément, tendre un bras en avant et fermer les yeux.

– Respire à fond et essaie de faire le vide, murmure-t-il.

– …

– Et arrête de te dire qu'on est ridicules, poursuit-il.

Il devance mes pensées. Du coin de l'œil, je vois Margaux faire de même, de façon très naturelle.

– Franchement, est-ce que ça a la moindre importance ? reprend Antonin tout en continuant de bouger très lentement selon une chorégraphie bien particulière que suit exactement mon amie.

Je me concentre pour essayer de jouer le jeu

complètement. Je rythme et amplifie ma respiration, suivant à la lettre toutes les consignes d'Antonin… et ça va un peu mieux. Au bout d'une quinzaine de minutes, je me sens presque apaisée.

Nous terminons par une position allongée, et là, chauffée par le soleil passant par des trouées dans les branches des arbres qui nous surplombent, je suis bien. J'ai presque envie de me laisser gagner par le sommeil.

– Il faut que tu parles aux parents, conclut Antonin.

Dur retour à la réalité.

– Je ne peux pas. Ça va prendre des proportions énormes et Faustine va s'en prendre encore plus à moi.

– Qu'est-ce que tu crains de plus ? Elle ne te lâche déjà pas d'une semelle, appuie Margaux.

Je sens la colère monter, ils n'y sont pour rien, mais je ne veux pas qu'ils décident à ma place. Je me redresse et tire mes genoux contre ma poitrine.

– Pas encore… S'il vous plaît…

Ils soupirent simultanément. Ils ne me trahiront pas, mais ne sont pas d'accord pour autant avec ma décision.

Sur le chemin du retour, j'ai à nouveau le moral dans les chaussettes et, comme elles sont trouées, il se répand sur le trottoir. Je baisse la tête en passant devant chez Violette, priant pour qu'elle ne soit pas à sa fenêtre. Raté.

Elle l'ouvre en grand et nous interpelle :

– Des cookies ?

Sans rire. Qui pourrait résister à des cookies sortant du four ? Pas moi, même harcelée par une folle dingue, et encore moins mes compagnons d'infortune visiblement affamés.

Violette a dû travailler dans la police dans l'une de ses nombreuses vies. En tout cas, elle pourrait faire avouer n'importe quel innocent. En moins de cinq minutes, j'ai craqué et raconté le dernier épisode des « malheurs de Clémence ».

– Quelle peste ! Je vais aller trouver ses parents, s'indigne Violette.

– Non ! Ni ses parents ni les nôtres ! dis-je en m'emportant.

– …

– Promets-le !

Elle soupire.

– Violette… Promets…

– D'accord… renonce ma vieille amie.

– Non, promets.

– Je promets… reprend-elle.

– De ne rien dire aux parents.

– … de ne rien dire aux parents. Mais je persiste à penser que c'est une très mauvaise idée.

Il me faut bien deux yaourts à la cerise et cinq cookies pour me consoler avant de rentrer faire illusion à la maison.

Blottie dans ma couette, j'ai envie que la nuit traîne en longueur, qu'elle ne finisse pas.

Même Maman paraît bien impuissante quand je lui demande ce que me réserve la journée du lendemain.

Bilan du lundi 21 septembre :

ATROCEMENT ÉPOUVANTABLE

Jeudi 24 septembre

Je me réveille avec la même pensée que la veille : que va-t-il encore se produire dans la journée ?

J'aimerais être catapultée à la fin de la semaine.

Hier et avant-hier se sont passés correctement, mais je reste en apnée. Toujours sur le qui-vive…

Il est encore temps de parler à Lucile et Papa, mais je ne peux m'y résoudre. Ils ne comprendraient pas mon silence, et tout ça prendrait des proportions que je ne maîtriserais plus. Je me mets à rire nerveusement, planquée sous ma couette : comme si je maîtrisais quoi que ce soit…

☆☆☆☆

Lucile insiste pour que j'avale une tartine, mais je sais qu'elle va rester coincée. Antonin me soutient du regard, tandis qu'Arthur me dévisage d'un drôle d'air. Un instant, j'ai l'impression que mon frère se doute de quelque chose, mais il me délaisse pour aller préparer son sac à dos.

Sac à dos. Trousse. Penser à mes affaires de sport me rend malade. Il va falloir que j'invente un truc pour justifier l'achat d'une paire de chaussures de sport. Encore un mensonge en perspective.

Je fais en sorte d'arriver presque en retard pour ne pas affronter Faustine dans le couloir. Quand je passe près de lui, Gaspard me dévisage. Je dois avoir une tête affreuse à force de mal dormir… Génial.

Durant l'heure de cours, Faustine m'adresse des petits coucous moqueurs. Cette fille a un grain, et il est sûrement de la taille d'une pastèque.

C'est le moment de la récréation qu'elle a choisi pour s'en prendre à moi, je le sens tout de suite. Je détale vers les toilettes dès la sonnerie, mais elle me suit. Je reste donc enfermée dans la cabine de longues minutes pour écourter le temps pendant lequel elle pourrait me faire du mal…

Je finis par en ressortir et tombe sur Margaux.

– Je te cherchais partout ! s'exclame-t-elle.

– Elle m'a suivie, tu l'as vue ? dis-je en me dirigeant vers les robinets pour me laver les mains.

Je n'ai pas le temps de réagir. Faustine se tenait dans un coin. Elle actionne un des boutons des robinets et, plaquant sa main sur le jet, l'oriente vers moi. En quelques secondes, Margaux et moi sommes trempées.

Je suis gelée, mais c'est le rire démoniaque de Faustine qui me glace le sang. Je laisse tomber la case lavage de mains et sors précipitamment des toilettes, désormais transformées en pataugeoire.

Lucas, Gaspard et leur groupe de copains sont appuyés non loin. À quelques mètres, Antonin discute avec Arthur. En quelques secondes, la quasi-totalité des élèves a les yeux braqués sur nous. J'aimerais être partout ailleurs plutôt qu'ici. Oui, même :

○ dans une décharge ;
○ une fosse à purin ;
○ un élevage d'araignées mutantes.

Et ce que je redoute le plus finit par arriver. Alors que Faustine sort triomphante des toilettes, j'éclate en sanglots. Mais vraiment. Pas des petits pleurs refoulés, non, des larmes de crocodile jaillissent de mes yeux à la façon des dessins animés. Je vous assure, je n'en rajoute pas : les chutes du Niagara à côté, c'est du pipi de licorne desséché. Je ne peux plus résister, ils vont tous se moquer de moi, tant pis, mais ce ne sera pas pire que ce que je ressens déjà.

Et puis il se produit ensuite quelque chose de très étrange. Sincèrement, sur le coup, j'ai du mal à saisir ce qui se passe. Gaspard se rapproche de moi, talonné par Lucas. Antonin et Arthur foncent à leur tour. Une sorte de clameur monte dans la cour. Des bruits d'indignation, des chuchotements couvrent le silence qui s'était fait, mais je ne perçois qu'un rire, celui très solitaire et gêné de Faustine, qui ne comprend visiblement pas non plus ce qui est en train de se produire.

– Tu vas te taire, lance Gaspard.

Elle est tellement surprise, qu'elle se met à rire plus fort, pour faire croire à une plaisanterie.

– Arrête, poursuit Lucas.

– Ça suffit, lance Margaux en serrant les poings.

Antonin s'approche un peu plus et pose une main sur mon épaule. Le contact m'apaise aussitôt et, même noyée dans mes propres sanglots, je me force à respirer.

– Du calme, Clem, dit-il très doucement, tu n'es plus toute seule.

À cet instant, je ne pense même plus à *Cettehorrible-pesteinfâmedeFaustine*. Je me dis qu'il a raison et que j'ai de la chance de le connaître.

C'est alors que mon petit frère s'en mêle. Oui, du haut de ses onze ans et de son statut de sixième, il n'hésite pas une seconde à voler à mon secours, et je sais que, rien que pour ça, je l'aimerai toute ma vie. Il monte sur un banc et prend la parole.

– Ça suffit, clame Arthur.

Un silence de cathédrale envahit la cour.

– Qui a déjà été ennuyé par cette fille ?

Il pointe Faustine du doigt. Celle-ci ouvre de grands yeux, retrousse les babines comme si elle allait mordre, puis replace un masque angélique sur son visage.

– Du calme, le petit ! s'exclame-t-elle, mais sa belle contenance se fissure déjà.

Un petit brun s'avance.

– Elle m'a fait un croche-pied à la cantine.

Une fille à lunettes, en classe troisième il me semble, prend à son tour la parole.

– Elle m'a poussée dans les casiers la semaine dernière.

– Moi, elle a cassé ma règle !

Fou rire général : c'est Roxane, grande amie de Faustine, qui vient de parler. Elle s'écarte d'elle tout à coup.

– Ben quoi, c'est vrai, reprend Roxane en haussant les épaules.

– Mais… balbutie Faustine toute tremblante.

Une grande rousse ordonne ses cheveux.

– Je ne vous parle pas de toutes les blagues pourries

que j'entends depuis deux ans…

Je ne sais pas s'ils sont vingt, trente ou cent à vouloir y aller de leurs commentaires et de leurs plaintes. Arthur, qui sent le vent tourner et ne veut pas que la situation vire à l'émeute, calme la foule.

– Tout doux. Ma sœur se fait harceler depuis la rentrée, nous ne pouvons accepter autant de méchanceté.

– OUI !!! s'exclament plusieurs voix.

– Ne répondons pas à la bêtise par de la méchanceté.

Plusieurs surveillants s'approchent de l'attroupement créé par l'événement. Faustine est au centre d'un cercle qui la juge durement. Arthur descend du banc, se dirige vers elle et murmure quelque chose à son oreille. Elle passe du rouge au blanc instantanément.

– Compris ? lui dit-il avant de reculer.

La grande blonde hoche la tête plusieurs fois pour lui signifier que c'est le cas.

Mon frère, ce héros étrange…

– Que se passe-t-il ? demande un surveillant en fendant la foule.

Aussitôt, Faustine prend la position de la victime et fond en larmes :

– Ils se sont tous ligués contre moi !

Une voix grave et connue retentit tout près de moi.

– Il est temps que votre petit manège s'arrête, mademoiselle… Je vous emmène chez le directeur, il me semble que vous ayez pas mal de choses à régler.

– Mais… Vous n'allez pas m'accuser sans preuve, M. Tournepiche.

En disant cela, elle me jette un air mauvais. Elle sait que je n'ai rien osé dire aux profs, sans quoi elle aurait déjà été convoquée.

– Alors, dit-il en levant les doigts successivement, dégradation d'agenda, vol de baskets, et tout ça sans compter le plus grave : une agression aux ciseaux.

Faustine regarde M. Tournepiche comme s'il parlait le kangourou.

Même moi, j'ai du mal à comprendre… Seuls Antonin et Margaux étaient dans la confidence. Je réfléchis : Antonin, Margaux… et Violette ! Je dévisage M. Tournepiche. Il se retourne et m'adresse un clin d'œil. Sacrée Violette !

☆☆☆☆

Une fois le dernier cours terminé, je cours vers la grille, pressée d'aller trouver ma vieille amie. Gaspard me file le train.

– Ne pars pas comme ça ! dit-il.

– …

– Euh… et le skate-park ?

– Je dois aller vérifier un truc et ensuite je te rejoins.

Il rougit un peu et, alors que je reprends mon chemin, ma gorge se serre. S'il n'avait pas réagi, qui dit que les choses auraient pris cette tournure. Je fais volte-face, il n'a pas bougé d'un poil. Son sac à dos à la main, sa mèche devant l'œil, il est à croquer… J'avance jusqu'à lui, me hisse sur la pointe des pieds et dépose un baiser sur sa joue tout en lui pressant le bras.

– Merci, je souffle avant de repartir à fond la caisse.

Mon cœur bat à cent à l'heure. Tant d'émotions se mélangent. Je me sens légère et étourdie. J'arrive chez Violette et entre sans prendre la peine de toquer. Je la trouve dans son fauteuil, elle sourit aux anges, enfin, c'est ce qu'il me semble. En réalité, elle sourit à quelqu'un qui se trouve juste en face d'elle. Dans mon fauteuil, voyez-vous, je trouve M. Tournepiche. Décidément, il est partout où on ne l'attend pas aujourd'hui…

Violette se met à rire en me voyant débarquer.

– Va-t-elle me disputer ! lance-t-elle en riant.

– Violette !

Je suis tellement émue de les voir tous les deux réunis. Leurs yeux et leurs sourires en disent tellement long.

– Je sais que j'avais promis de ne rien dire… s'excuse-t-elle.

– C'est vrai !

– ... à ton père et à Lucile !

– Qu'est-ce qu'il ne faut pas entendre ! dis-je en la prenant dans mes bras.

Violette me caresse la tête.

– Tu croyais vraiment que j'allais rester les bras croisés ? demande-t-elle.

Patrick Tournepiche se lève à son tour et embrasse sa mère.

– Je reviens ce soir ?

– Comme tu veux, mais j'ai préparé des lasagnes.

Elle se tourne vers moi et ouvre de grands yeux malicieux.

– C'est son plat préféré.

– Quant à toi, n'oublie notre prochain cours… ajoute mon prof de maths.

– Ça risque pas… dis-je en le prenant dans les bras.

– Merci, monsieur.

Il lève les yeux au ciel.

– Je ne sais qui doit remercier qui. Sans toi, je serais toujours en froid avec cette tête de mule, dit-il en désignant Violette. Tout le monde avait besoin d'un coup de pouce dans cette histoire…

Quand je sors de chez Violette, je trouve Antonin et

Arthur qui m'attendent sur le muret. Je m'approche d'eux et saisis leurs têtes. Je les fais gentiment se cogner l'une contre l'autre. Nous restons tous les trois un petit moment sans rien dire.

– Faut croire qu'on ne fait pas une si mauvaise équipe que ça, dis-je d'un ton enjoué.

Ils hochent la tête et me sourient. Mon cœur n'en finit plus de se gonfler de bonheur. Un détail me turlupine :

– Qu'as-tu dit à l'oreille de Faustine ?

Arthur se met à rire.

– Je l'ai vue sucer son pouce. Je lui ai dit que j'avais des photos.

Nous partons tous les trois dans un fou rire. Margaux arrive à son tour. Elle tient mon sac à dos dans la main.

– Tu es partie tellement vite après avoir embrassé Gaspard, lance-t-elle avec un air entendu.

– Han !!! s'écrient Antonin et Arthur.

J'enfouis ma tête dans mes mains.

– Oh ! Ça va, hein !

Des frères restent des frères, le répit aura été de courte durée.

– Je te rappelle qu'on nous attend au skate-park, ajoute Margaux avec un sourire en coin.

Nous nous dirigeons toutes les deux vers le parc et les

rampes de skate. En distinguant les silhouettes des garçons qui enchaînent des figures, je sais que, malgré les événements du jour, le bilan ne sera pas si négatif.

Je sais aussi que je vais tout raconter à Papa et Lucile, en plus de Maman.

Je sais aussi que la fuite n'est jamais une solution, et que l'union fait la force.

Je sais aussi qu'il vaut mieux être entourée d'une équipe de bras cassés sympa – c'est-à-dire d'un dresseur de serpents adepte du Qi Gong, d'un diplomate ultra-populaire même un peu casse-pieds, et d'une belle-mère aux goûts vestimentaires douteux – que d'être seule…

Je sais aussi, non, je décide, pour être plus précise, de faire preuve de plus d'objectivité en faisant mes prochains bilans.

Comment dit-on déjà ? Que tout est une question de point de vue… Alors je jure solennellement, je fais la promesse, sur la tête de toutes les licornes de l'univers, de me forcer à voir désormais le pot de yaourt à la cerise à moitié plein, plutôt qu'à moitié vide…

En tout cas, jusqu'à la prochaine fois ! ;-)

Clémence

ISBN : 9782809657692
Dépôt légal : mai 2017
Imprimé en Bosnie-Herzégovine

Loi n° 49-956 du 16 juillet 1949 sur les publications destinées à la jeunesse

Nous tenons à remercier pour leur contribution à cet ouvrage : M. Baudry, S. Bouyssou, J.-L. Broust, E. Braud, A. Deglane, C. Jahan, L. Maj, K. Marigliano, L. Pasquini, M. Rampnoux, M. Seger, E. Serrero-Després, M.-F. Wolfperger.